공병의 달인 김재웅의 인생내비게이션

55가지
인생 경로

공병의 달인 김재웅의 인생내비게이션

55가지
인생 경로

김재웅

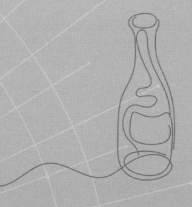

병이 많아 좋은 남자

"저런, 그렇게 병이 많아?"
"그렇다네. 곳곳 병이 없는 곳이 없다네!"
"이를 어째…. 듣던 중 반가운 소릴세."

곳곳 병이 많이 생길수록, 끝없이 병이 늘어날수록
싱글벙글 좋은 남자, 내 이름은 김재웅이라네.
"제발, 병 좀 늘어나라!"
이렇게 말하다 몇 대 얻어맞을지도
한데 어째, 사실인걸.
"제발 병 좀 많았으면 좋겠다니까!"
"나는 병 없인 절대 못 산다!"
나는 세상에서 병이 제일 좋다. 매일 걸리는 게 병인데
계속 걸렸으면 하는 게 병이다. 병만큼 좋은 게 또 있을까?
무슨 미친 소리냐고? 그럼 한 번 들어보든가.

아프지 않은 병

세상엔 아픈 '병'만 있는 게 아니다.
단단하고 투명한 모양새부터
애초 아픈 병과는 태생부터 다른 '병'이 있다.
더 놀라운 건, 이놈의 '병'은 많아질수록 돈이 되어 굴러온다.
큰 병이 생겨도 기분 좋은 이유다.

넉살도 좋지, 놈은 맨몸과 속을 다 보여주고도
부끄럽지도 않은지 매사 자신만만하게 소리친다.
'난 돈을 버는 병이다!'
'난 태어나며 사람들을 즐겁게 해주는 병이다!'
'죽어서도 부활해 돈과 교환되는 마법의 병이란 말이다!'
이놈의 '병'을 사랑할 수밖에 없다.

젊은 시절, 기댈 곳이 없었다. 손을 뻗는 만큼 세상은 멀어져
갔다.
아무리 뛰어도 죄다 가시밭길뿐이었다. 몸도 마음도 아팠다.
고칠 방법이 없던 때, 이놈의 '병'을 만났다. 그런데….
'수많은 '병'이 내 인생을 완치했다.'

2024년 어느 봄날
김재웅

차례

4장

5장

6장

1장

'빈 병'의 안부

찬바람만 쌩쌩한 새벽, 발자국 소리가 들려.

부지런도 하지, 새벽마다 깨우러 오니 보통 정성이 아니야.

이름이 뭐랬더라? 아, 김재웅이라고 했지 아마?

오늘도 나와 친구들을 깨우느라 동분서주해.

어제도 그랬고 그제도 그랬어, 아니, 벌써 삼십 년이 다 되었다나?

아무튼, 이 아저씨는 아주 좋은 친구야.

속이 꽉 찼을 땐 서로 나를 찾았더랬지. 그런데….

속 다 꺼내 주고 나면 야속하게 모두가 외면해.

우리 신세가 좀 그래. 그런데….

이 사람은 유별났어. 속을 다 비워낸 나를 더 좋아하거든.

아냐, 사랑한다고 해야 정답이겠다!

그래서 새벽마다 묻는 거겠지?

"잘 잤니?"

오늘도 김재웅이라는 남자의 목소리에 눈을 떴거든.

곳곳 수많은 친구가 일어났어.

내 이름이 뭐냐고?

얼마 전까지는 그럴듯한 이름이 있었더랬어.

'맥주병'

'콜라병'

제일 인기 많은 '소주병'까지!

내 가족과 친구들은 각기 다른 이름으로 불려.

친척들까지 합하면 그 이름을 헤아릴 수가 없고

사이다병에서 박카스 병까지, 참 신기한 이름이 많지?

우리는 속을 다 내어주기로 유명해.

콜라나 사이다를 가득 채워두지.

그러다 한여름 더워 죽을 판인 사람들에게 주곤 해.

그냥 줘. 실컷 준다니까. 어디 그뿐이게?

'이모 여기 소주'

소주라는 녀석은, 제일 인기가 많아.

속이 투명해 그런가?

아냐, 사이다도 투명하긴 마찬가지니 그게 인기 비결은 아냐.

아무튼, 우리 가족은 골고루 인기가 많아.

'빈 병'의 고백

아, 이름이 뭐냐고 물었지?

앞에 말했듯, 우리는 온갖 이름이 있어.

그런데 우리 속을 다 꺼내 주는 순간, 사람들은 우리를 똑같이 불러.

'빈 병'

그게 나와 친구들 이름이야.

속이 꽉 차 있고, 멋진 이름일 때는 서로 찾았거든.

우리 가족은 눈코 뜰 새 없이 진짜 바빴어, 그때가 좋았지.

그럼 뭐해? 진짜 속상한 건 속을 다 내주고 나면

우리를 거들떠도 안 본다는 거지, 참나!

아, 딱 한 사람만 빼고! 누구냐고?

말했잖아, 김재웅!

이 아저씨는 나와 가족을 절대 외면 안 해. 외려 더 좋아해.

사랑한다고 하면, 부끄러워하겠지?

그래, 뭐 그냥 좋아한다고 해두지 뭐.

고백하자면, 사실은 우리가 이 아저씨를 더 좋아해!

이 아저씨 덕택에 우리는 다시 태어날 수 있거든.

이 아저씨는 세상의 모든 걸 하찮게 안 보거든!

재웅의 안부

꿈에서 깨어났다.

빈 병이 나를 보며 웃는 꿈

내가 '빈 병'을 얼마나 좋아하는지, 잘 안다고 고백하는 꿈

내가 '병'을 사랑하는 이유다.

오래도록 빈 병을 모아왔고 빈 병을 되살렸다.

솔직히 말하자면, 돈이 되니 좋았다. 허나, 쉬운 일이 어디 있으랴.

십 원, 이십 원하는 빈 병이니, 셀 수 없이 모아야만 한다.

그래야 돈이 된다.

넘어지고 다치고 부딪치고 피나고, 그런데도 병이 좋다.

그래서 새벽마다 병에게 안부를 묻는다.

"잘 잤니?"

소주 한잔 기울이며 힘든 마음을 풀어내는 가장의 마음을

맥주 한잔 걸치며 속상한 현실을 수다로 푸는 젊은이의 마음을

한 병 비워지면 속이 아픈데도 시원해지는 인생을, 삶을, 이제 제법

안다.

그대에게도 오늘 안부를 묻는다.

"괜찮아?"

재웅의 고백

내 나이도 육십을 넘긴 지 제법 되었다.

한 병, 한 병 모아오며 기록한 삶의 지혜다.

한 자 한 자 적어온, 살아가는 방법을 전하고 싶었다.

살아오며 터득한, 쉬운 다섯 가지의 이야기를 모았다.

안다. 모두에게 통하지 않을 수도, 긍정치 않을 수도 있다.
괜찮다. 조금 엉성하고 난데없더라도 공감해 주는 이가
단 한 사람이라도 있으면, 그로 족하다.

빈 병을 모으는 사람이니, 빈 병 얘기만 늘어놓을 거라고?
아니, 오늘은 나와 모두의 삶을 이야기하련다.
빈 병 얘기는 안 해도 곳곳 나온다.
유튜브에도 나오고 기사에도 나온다.

빈 병 얘기는 접어두고 살아온 얘기만 차렸다.
돈을 많이 벌어 좋겠다고?
성공한 사람 소리 들어 좋겠다고?
아니다!
빈 병만으로 번 돈이 아니다.

빈 명만으로 성공한 게 아니다.

살아오며 터득한 지혜로

성공이라는 탑을 쌓았다고 자부한다.

돈을 아끼고 모으는 방법

가족을 사랑하는 방법

이웃과 나누는 방법

'김재웅'이 전하는 쉬운 다섯 가지 이야기

나의 어쭙잖은 수다다.

오늘이 힘든 누군가에게

사는 게 아니라, 버텨내는 누군가에게

감히 긍정의 에너지가 되기를 소망하며….

사는 건 감기몸살보다 백배 쉽다

무슨 말이냐고 할지 모르겠다.
사는 건, 감기몸살보다 쉽다는 말에 갸웃할 것이다.

심하게 감기몸살에 안 걸려본 사람은 드물다.
감기에 걸리면 목도 아프고 종일 콧물도 난다.

열이 올라 내 몸이 아닌 상태가 된다.
화장실 가기도 힘들고 먹기도 어려워진다.

그렇게 환영하던 친구의 전화도 귀찮아지고
꼬리 치는 강아지도 그때만큼은 멀리하고 싶어진다.

물을 삼키면 부은 목에 걸려 겨우 넘어간다.
잠을 자고 싶어도 터져 나오는 기침에 불가능하다.

감기몸살에도 기승전결이 있다.

처음엔 오슬오슬 춥고 하루에 반나절쯤 더 지나면
오한이 온몸을 엄습해 오돌오돌 떨린다.
극한의 상황이 몸을 지배해, 모든 게 싫다.
매일 챙겨 보던 드라마도 안 궁금하다.
이 지경이면 다들 한 번쯤 생각한다.

'아 이놈의 감기만 나으면 뭐든 다 할 것 같다.'
'제발 감기야 나아라. 내가 할 일이 너무 많단다.'
'감기만 나으면 이제 진짜 제대로 한다.'
'감기에 걸리니 할 수 있는 게 아무것도 없네.'

감기만 나으면 뭐든 다 할 것 같다.
평소 귀찮던 일도 심한 감기몸살로 미룬 듯 말한다.
감기만 나으면 내내 미뤘던 일을 하리라 작정한다.
감기만 나으면 못할 게 없다.

정말 작정대로 될까?

다시 한 번, 다들 백 번 공감할 게 있다.
감기라는 기승전결이 마무리되는 순간,
언제 그런 다짐을 했느냐며
원래로 돌아온다는 사실 말이다.

지금 힘이든가? 감기에 걸렸던 때를 떠올려라.
감기만 사라지면 뭐든 한다지 않았는가.
사는 게 어렵다고 하지만…. 맞다. 삶은 만만찮다.
하지만, 감기몸살 앓는 것보다 백배는 쉽다.
스스로 인정치 않았는가.
뭐든 다 해내겠다고.
왜 약속을 지키지 않는가.

지금 감기몸살로 앓아누워 있는가.
목이 퉁퉁 붓고 못 견디게 아픈가.
감기도 앓지 않는데, 왜 그리 망설이는가.
아니라면 어서 일어나시게!
지금, 뭐든지 할 수 있지 않은가.

사는 건, 감기몸살보다 백배 쉬운 일이라네.

제발, 가만히 있지 마라.
그러다 또 감기몸살 걸릴라!

엄마한테 왜 잘해야 하는 줄 아니?

엄마한테 왜 잘해야 하는 줄 아니?

내가 기억도 못 하는 때,
엄마는 나 때문에 밤을 설친 날이 수 없거든.
잠깐 엄마 젓만 덜 먹여줘도 칭얼대는데
엄마는 밤을 새우고도 내가 예쁘다고 웃었거든.

엄마한테 왜 잘해야 하는 줄 아니?

엄마는 나 때문에 머리를 숙인 날이 수 없거든.
친구랑 싸우고 학교에 엄마가 불려간 날
나는 혼난 게 분해 씩씩대는데
엄마는 '제가 잘못 키워 그렇습니다' 하고
입이 아프도록 빌었거든.

엄마한테 왜 잘해야 하는 줄 아니?

생각 없이 용돈 타서 친구랑 게임방에 가는데
엄마는 그 돈 벌어주느라 밤낮 안 쉬고 일했거든.
그런데 또 독서실비 달라고 거짓말하고
그 돈으로 게임방에 가서 종일 놀았거든.

엄마한테 왜 잘해야 하는 줄 아니?

다 커서 주민등록증 받은 게 언제인데
아직도 "밥은 먹었니?" 소리를 매일 했거든.
내가 어린애냐며, 알아서 챙겨 먹는다고
신경질 내고 투덜댔거든.

엄마한테 왜 잘해야 하는 줄 아니?

시집가고 장가갈 나이가 됐는데도
어디 아프면 큰 병 나기 전에 꼭 진료하라고 하거든.

나는 그런 소리 별로 안 했거든.

맨날 아픈 데 없다고 해서 진짜 그런 줄 알았거든.

엄마는 안 아프고 사는 사람인 줄 알았거든.

엄마한테 왜 잘해야 하는 줄 아니?

시집 장가가도 엄마는 제일 먼저 나를 생각했거든.

다 있다는 데도, 귀찮다는 데도

걸핏하면 이거 가져가라, 저거 가져가라 그러셨거든.

그냥 사 먹으면 되는데 뭐하러 그러느냐고

오늘도 엄마한테 엄청 짜증 냈거든.

엄마한테 왜 잘해야 하는 줄 아니?

엄마가 아프대서 병원 가보라 했거든.

맞아, 엄마도 아플 수도 있지, 그랬거든.

소식이 없는데도, 며칠 동안 정신없이 바빠서

엄마가 병원에 간 것도 잊었거든.

문득, 병원 간판을 보고 그제야 전화했거든.
의사가 아무 이상 없다고 말했다고, 엄마가 그랬거든.
내가 얼마나 나쁜 놈인지 얼마 안 가 알았거든.
그때 엄마 말을 철석같이 믿었거든.

엄마한테 왜 잘해야 하는 줄 아니?

엄마는 입원하고서도 내가 회사에 지장이라도 생길까
자주 올 필요 없다고 자꾸 거짓말을 했거든.
입원비는 걱정하지 말라는 내 말에, 꿍쳐놓은 돈을 줬거든.
엄마가 알아서 한다기에 버럭 화만 냈거든.

엄마한테 왜 잘해야 하는 줄 아니?

평생 힘들어도 힘들다고 말 안 했거든.
그래서 진짜 안 힘든 줄 알았거든.
평생 아파도 아프다고 말 안 했거든.
그래서 진짜 안 아픈 줄 알았거든.

평생 다 괜찮다고 말했거든.

그래서 진짜 다 괜찮은 줄 알았거든.

엄마는 자식들한테는 엄청난 거짓말쟁이거든

그걸 멍청하게 늦게야 알았거든.

엄마한테 왜 잘해야 하는 줄 아니?

의사가 "오늘을 넘기기 어렵습니다" 하고 말했거든.

그 말 듣고 미치도록 울었거든.

후회해도 소용없다는 걸 그제야 알았거든.

내내 뭐 하다 이제 우느냐고 거울 쳐다보며 화냈거든.

엄마한테 왜 잘해야 하는 줄 아니?

세상과 이별하면서도, 남겨질 자식만 걱정했거든.

사랑한다는 말 더 자주할걸.

한 번이라도 더 안아드릴걸.

엄마는….

엄마는….

사는 내내 나를 후회하게 만든 사람이거든.

한 번 더 생각해도 늦지 않는다

그만두고 싶다는 괴로움은 굉장하다.
포기를 떠올린 순간, 고민 덩이가 커지고
삽시간에 크기가 늘어난다.

말리는 소리가 포기하란 소리로 들린다.
포기의 세포가 온몸에 전이되는 건 삽시간
더는 재생 불가라고 판단한다.
하지만, 대부분 자가 진단이라 오진이 많다.
나는 내가 가장 잘 안다는 오판이 불러온 결과다.
나를 가장 잘 모르는 사람은 나 자신이다.

뭔가 포기하고 후회한 경험, 분명 있으리라.
'아, 한 번 더 생각할걸.'
'한 번만 더 해볼걸.'

'이리 후회할 줄 몰랐는데.'

'괜히 그만뒀어. 더 견뎠어야 했는데.'

포기를 말리던 이들이 그제야 보인다.

왜 안 말렸느냐며, 원망까지 늘어놓지만

후회는 돌아가기 불가능할 때 찾아온다.

회사를 박차고 나온 얼마 후

가계를 폐업한 얼마 후

오랜 공부를 때려치운 얼마 후

이혼서류를 제출한 얼마 후

후회의 폭풍에 휘청거린 적이 없는가.

나의 포기로 눈물지은 이를 본 적 있는가.

당장의 포기로 후회는 없다, 확신하는가.

제발, 한 번 더 생각하라.

만약, 그때도 아니면 과감히 손을 놔라.

그래도 안 늦을뿐더러, 그땐 뒤돌아보지 마라.

그래야 후회도 없다.

포기하기 전, 일 분만 생각하라.
이후 후회의 시간보다 훨씬 짧다.

후회는 큰 자괴감을 만든다.
포기하기 전, 딱 한 번 더 생각하라.
그래도 절대 늦지 않는다.

다 했다고 착각하지 마라

할 만큼 했는데 이 지경이 되었단다.
운명이라며 신세 한탄이다.
나는 진짜 안 된다며, 자신을 하대한다.
최선에도, 운이 나빴다 한다.

최선의 경계선은 어디일까?
아무 데나 가져다 붙여도 되는 걸까.
자신의 편리대로, 수월한 대로
최선의 경계선을 정했을 테지.

못 이룬 성과를 두고
제대로 안 한 탓이라 말하는 이는 없다.
최선을 다했지만, 별수 없었다 한다.

운이 안 따라 못했다고 우겨대지만
못한 게 아니라 대충 하고 안 한 거다.
안 된다고 투덜대지 말고
뭘 덜 했는지 판단하라.

잘 안된 건, 성과가 부족한 건
분명, 뭔가 덜 해서다.

최선을 다했다는 무서운 거짓말도 없다.
진짜 최선을 다한 이는, 성과가 미흡해도
푸념 따윈 하지 않는다.

푸념이 넘치는 사람은 최선을 다하지 않았을뿐더러
최선이 뭔지도 모른다.

한탄하기 전, 다 하지 못한 걸 먼저 찾아라.
그럼 안 될 수가 없다.

그래도 안 된다고?

그래도 성과가 없다고?

천만에!

여전히 최선을 다하지 않은 탓이며

분명, 할 일이 더 남았다는 증거다.

부자를 욕하지 마라

부자를 욕하지 마라.
이유 없이 욕먹는 사람들이 부자다.

부자는 욕할 존재도, 대상도 아니다.
부자는 죄인도, 병을 옮기는 사람도 아니다.

부자는 모두 나쁘다는 생각을 버려라.
악인이 많다는 소문도 믿지 마라.
돈밖에 모른다는 생각도 틀렸다.

부를 헐뜯는 건 촌스러운 짓이다.
부를 흉보는 건 억지다.
부자가 가난한 사람들에게 욕먹을 이유가 없고
부자 역시 가난한 사람을 흉할 근거가 없다.

부자는 나눌 줄 모른다는 생각도 버려라.
부자도 감동에 눈물 펑펑 쏟고 베풀 줄도 안다.
뜨겁게 사랑도 하고 따듯한 정도 있다.
돈도 많은데 왜 다른 것은 죄다 없다고 하는가.
혹시 다른 거라도 없길 바라는가.

욕먹을 사람은 나쁜 짓 하는 사람이지, 부자가 아니다.
손가락질할 사람은 죄를 지은 사람이지, 부자가 아니다.
부자를 욕하는 건, 부러움의 소리일 뿐이다.

부의 욕망은 나쁜 게 아니다.
창피한 건 더더욱 아니다.

부자들로 세상이 돌아간다.
부자들이 돈을 써야 세상이 움직인다.
대기업에 국가가 성장하고
부자 회사라야 직원들 월급도 많다.

부자는 나쁜 게 아니다.
이유 없이 흉보지 마라.
그럴수록 부는 더 멀어진다.

부자가 되고 싶은가.
부를 욕하는 습관을 버려라.

됐다.
이제, 부자가 되기 수월해졌다.

카드에 저당 잡혀 살지 마라

신용카드 좀 긁지 마라.
가려운 등 긁듯, 신용카드를 긁어댄다.
신용카드는 빚이 아니라니, 해괴한 생각이다.

두부 한 모도, 껌 한 통도, 신용카드 결제라면
결국, 잔고에서 빠져나가니, 그냥 빚이다.

착각 말아라.
신용카드는 백 프로 빚, 이, 다!

일 년 열두 달, 결제일이면 한숨을 짓는 그대.
빚이 아니라며 왜 고통스러워하는가.
쓸 때의 만족은 어디로 갔는가.

아직도 모르는가.

카드빚 독촉에, 매달 아니 매년

잔인하게 추궁당하며 산다는 걸.

마치 카드값을 갚으려 일하는 사람처럼 되어버린걸.

현금카드를 써도 아무 지장 없다.

'일시불'

외칠 때 짜릿한가. 바보가 따로 없다.

일시불도 결국, 빚이다.

빚지고 짜릿하니 바보가 맞다.

내 한도의 직불카드만 써라.

신용카드로 낭비하던 돈이 계좌에 쌓인다.

후회는 사라지고 웃음은 늘어난다.

신용카드는 표현이 틀렸다.

빚 카드, 외상 카드가 맞다.

돈 없어도 맘껏 쓰도록 설계된 나쁜 장난감.
기묘한 수법으로 눈을 속이는 '빚'의 마술이다.

여전히 무서운 유혹에 빠진 그대.
잔인한 고통을 늘 마주하고도 깨닫지 못하는가.

가능하다면, 신용카드를 당장 잘라 버려라.
빠를수록 고통에서 빨리 해방된다.
신용카드 따위에, 값진 인생을 저당 잡혀 살지 마라.

뭐든 하나부터 시작이다

하나를 우습게 보지 마라.
세계적인 베스트셀러도 첫 글자로 시작한다.
가진 게 없으면 '아무것도 없어' 하기보다
희한하게도 '하나도 없어'라고 한다.

뭐든 하나만 있으면 좋을 게 많다.
난로를 피워야 할 때, 성냥 한 개가 소중하고
배고플 때 빵 하나면 행복하다.

하나는 적은 수가 아니다.
대통령도 한 사람만 뽑는다.
아내, 남편도 한 사람일 때 정상이라 여긴다.
하나라서 대단하고 귀하다.

아홉부터 숫자를 세는 사람 없고
태어나며 열 살이 되는 이도 없다.
첫째 없이 둘째를 낳을 재주도 없다.

한 번에 열 개를 거머쥐는 요행을 바라지 마라.
운은, 만에 하나도 드물다.
한데, 그 만에 하나도 결국 '하나'다.

돈은 다를까?
웬걸? 돈이 제일 그렇다.

한 푼을 우습게 보지 마라.
열 개쯤 모이면 배로 쉬워지고 빨라진다.
열 번이 열 번이 되어 백 개가 되는 거다.
백 번을 열 번 굴리면 천 개가 되니
하나로 시작한 힘은 굉장히 무섭다.

하나를 쉽게 보는 사람은 열 개도 하찮게 여긴다.

열 개가 우스운 사람은 백 개를 줘도 불만이다.
한방에 천 개 만 개를 거머쥐려 용을 쓴다.
그래서 손에 쥔 게 하나도 없는 거다.

명심하라.
백 개, 천 개도 처음은 하나부터였다.

'나 때문에'와 '네 덕에'

"이게 다 너 때문이야."

"이게 다 엄마 때문이야."

"이게 다 누구 때문인 줄 알아?"

어느 말에도 '나 때문'이라는 말은 없다.

모르긴 해도, 살면서 저런 소리 한 번 안 해본 사람 없을 터다.

이상하게도 너 때문이라고 해야 마음이 편하다고 착각한다.

하지만, 엄밀히 계산해 보건대, 그건 내가 손해 보는 말이다.

뭐든 '너 때문'이 아니라 '나 때문'이라 판단해야 옳다.

그게 나도 득이고 상대도 득이다.

일거양득이 되는 말, 바로 '나 때문'이라는 말이다.

'다 너 때문'이라는 말처럼 어리석은 변명도 없다.

상대가 수긍할 확률도 없을뿐더러 내 시간만 낭비된다.

다 '엄마 탓' '아빠 탓'이라 말하면 속이 시원한가.

자녀와 부모 모두 상처만 남을 뿐이다.

결국, 양쪽 모두 손해 보는 말이지 않은가.

본디 '탓'은 내게 돌리고 '덕'은 상대에게 돌려야 좋다.

'다 네 덕이야'라는 말은 모두 좋아하고

'다 네 탓이야'라는 말은 모두 싫어한다.

'다 내 덕이야'라는 말엔 모두 갸웃하고

'다 내 탓이야'라는 말엔 모두 위로한다.

덕을 상대에게 돌리면 결국, 돌고 돌아 내게로 향한다.

'누굴 만났더니 네 칭찬을 많이 하던데?'

탓을 상대에게 돌리면 결국, 돌고 돌아 가슴에 꽂힌다.

'누굴 만났더니 네 욕만 계속하던데?'

'네가 어떻게 했기에 그러는 건데?'

상대를 내 편으로 만드는 가장 쉬운 방법!

'탓'은 내 것으로 돌리고 '덕'은 상대에게 돌려라.
'덕'은 배가 되고 '탓'은 반으로 준다.

세 번 생각하고 움직여라

세 번 생각하고 한번 행동하라.

'너 정말 생각이 없구나?'
이 말을 듣고 살면 안 된다.
이 말을 듣게 된 원인은 짧게 생각하고 말했기 때문이다.

국회의원이 말 한마디로 이미지가 실추되곤 하는데
그 역시 생각 없이 말하기 때문이다.

생각 없이 행동하면 실수가 생기기 마련이다.
자주 실수하고 있다면 생각 없이 행동한 탓이다.

입보다 머리가 큰 건
생각을 더 많이 하라는 의미일 게다.

머리가 몸의 꼭대기에 달린 건
먼저 생각하고 몸을 움직이라는 의미일 게다.

입이 눈보다 아래에 달린 건
정확히 확인한 후 말하라는 의미일 게다.

생각하고 행동하면 실수가 배로 줄어든다.
생각하고 행동하면 헛돈을 쓰지 않는다.
생각하고 행동하면 따르는 사람이 는다.

생각 않고 행동하면 실수가 잦다.
생각 않고 행동하면 낭비가 많다.
생각 않고 행동하면 따르는 사람이 준다.

헛돈을 많이 쓰고 잦은 실수가 반복되는 건,
주변에 있던 사람들이 자꾸 사라지는 건,
생각지 않고 행동해서다.

행동하기 전, 반드시 세 번 생각하라.
그래도 옳은 판단이 안 되면, 다시 세 번 생각하라.

그런 다음 말하고 행동해도 늦지 않는다.

사람들은 빠르게 판단하는 사람보다
바르게 판단하는 사람을 따르기 마련이다.

2장

'빈 병'의 고발

내가 길바닥에 버려졌거든?

세상 아무도 안 돌아보는 거야.

그래 뭐 까짓것, 그럴 수도 있지.

누가 빈 병 따위를 쳐다나 보겠어?

슈퍼까지 들고 가자니 멀고, 가봤댔자 백 원, 백삼십 원?

캬, 미쳤지. 그거 받으려고 나를 안고 가? 언감생심이지.

그래, 뭐 그러니 나를 따듯한 가게로 데려가라고는 안 해

그럼 최소한 쓰레기는 집어넣지 말아야지.

세상에 널린 게 쓰레기통인데

왜 다 놔두고 하필 내 뱃속이냔 말이야.

그럴 정성이면, 공부 일 등 했어야지.

그럴 시간이면, 돈 잔뜩 벌었어야지.

꼭 뭐든 제일 못하는 사람들이

빈 병에 쓰레기는 잘 넣는다니까.

재웅의 경고

사람들은 빈 병을 쓰레기통인 줄로 안다.

수많은 빈 병을 대하다 보면 별의별 일을 다 겪는다.

담배꽁초는 기본이고

둘둘 말아 넣은 휴지, 볼펜 심, 용수철 등

좁은 병의 구멍으로 들어갈 수 있는 건, 다 들어가 있다.

무슨 심보인지 알 수가 없다.

빈 병은 늘 버리는 사람 따로 있고 줍는 사람 따로 있다.

일반 쓰레기야 소각된다지만

빈 병이 '재활용'이나 '재사용'된다는 건

어쩌다 우연하게라도, 다 들어봤을 얘기다.

모르며 그랬다면 백 번쯤 양보하겠지만

알면서도 그런다는 건, 그냥 나쁜 심보다.

'누군가 빈 병 주울 때 고생하라는 악심'

'아무 죄 없는 빈 병에 스트레스 푼 소인배'

'병 속에 집어넣은 쓰레기보다 더한 주접'

이런 사람보단 '빈 병'이 백배 더 낫다.

착하고, 바다같이 넓은 아량, 점잖은 사람이라면

절대 빈 병 속에 쓰레기를 집어넣지 않는다.

자식 앞에서 빈 병에 쓰레기를 넣어 봤는가.

아버지에 대한, 어머니에 대한 존경이 다 사라질 것이다.

'빈 병'이 하찮은 게 아니라 업신여기는 게 하찮은 거다.

그로 병 속에 쓰레기를 집어넣는 그대는

하찮고 지저분하며 오만한 사람이다.

그깟 '빈 병'이라니, 듣는 '빈 병' 열 받는다.

세상에 하찮은 건 없다. 하찮게 대하는 사람이 있을 뿐.

그게 당신이라면, 당신이야말로 하찮은 사람이다.

귀한 사람이 되고 싶다면 '빈 병'을 하찮게 보지 마시라.

나로 기준 하지 않기

사람들의 잦은 실수 중 하나다.
"이건 객관적으로 봐도…."
"정말 객관적으로 생각해도…."

내 기준을 절대 '객관적'이라고 말하지 마라.

혼자 판단하고 말하면서 자꾸만 '객관적'이라고 한다.
황당하고 어이없는 거짓말이다.
혼자의 기준은 '주관적' 관점이지 '객관적' 관점이 아니다.

'객관'은 객관이 되었을 때라야 인정받는 거다.
다수의 판단이 공론되었을 때라야 객관이 성립되는 것이다.
내 기준을 절대 '명제'라고 착각하지 마라.
한데도 자꾸만 혼자 우겨대면서도 '객관'을 남발한다.

남도 나와 같을 거라는 건 황당한 착각이다.
남은 대부분 나와 다르고 완전히 반대일 수 있다.
살아온 환경이 제각각이고 습관도 취미도 모두 다르다.

생김새와 지문이 모두 다르듯이 생각도 판단도 제각각이다.
내 생각은 절대로 객관이 될 수가 없다.
국회의원들이 걸핏하면 '이건 객관적으로 보았을 때'라고 하는데
국민이 동의하지 않는 건, 전혀 객관화가 안 된 사안이라서다.

나의 판단을 '객관적'이라고 우기지 마라.

"이건 극히 나의 주관적 생각인데…."
"다른 분들의 의견을 아직 못 들었습니다."
"그냥 저의 판단일 뿐입니다."
혼자만의 생각일 뿐이라고 말해도
옳은 주장이면 사람들은 긍정하고 환호도 한다.

혼자 말할 때는 객관을 우기지 말고

나의 생각임을 강조해라.

외려 더 인정받기 수월해진다.

검증 없이 무작정 '객관'을 주장하면

주관적 의견조차 존중받지 못하게 된다.

제발 낭비 좀 많이 하라

돈은 아끼고 칭찬은 낭비하라.

구순의 어르신도 칭찬하면 좋아한다.
말귀를 겨우 알아듣는 어린아이도 야단엔 울지만, 칭찬엔 웃
는다.
키우는 강아지도 칭찬은 단번에 알아차린다.
한데, 좀체 칭찬에는 인색하다.
자본도 안 드는 칭찬에 왜 그리 박한 것일까?

나랏돈은 헛되이 잘 쓰는 국회의원들도
칭찬만큼은 아끼느라 죽어도 안 쓴다.
상대를 칭찬하면 곧장 칭찬으로 돌려받을 텐데.
아끼면 더 힘이 강해지는 건지, 영 써먹을 생각들을 안 한다.

사람들이 칭찬에 야박한 이유가 뭘까?
나보다 상대가 행복한 게 왠지 싫어서다.
남 잘되는 꼴 못 본다 하지 않던가.
잔혹하고 유치한 생각이다.

상대를 행복하게 해주는 데에 야박하지 마라.
칭찬 한마디로 상대를 웃게 만들 수 있다.
얼마나 멋진 마술인가.

누군가 나를 칭찬해 주면 그가 좋아진다.
반대로 상대를 칭찬하면 그도 나를 따르기 마련이다.
칭찬은, 결코 밑지는 장사가 아니다.

마구 써도 낭비한다고 욕먹지 않으며
남녀노소 구분 없이 사용해도 되니 편리성도 좋다.
돈 한 푼 안 들어가니, 가성비도 훌륭하다.
물론, 아부가 아닌 진심일 때라야만 효과가 있다.

'칭찬'은 상대를 내 편이 되게 하는 최고의 수완이다.
아끼고 쟁여둘 이유가 없다.

칭찬에 인색한 사람은 평소 칭찬을 듣지 못한 사람이다.
칭찬의 감동을 모르니 쓰는 방법을 알 턱이 없다.

칭찬을 듣고 싶다면, 먼저 상대를 칭찬하라.
상대가 안 보이는 곳에서 하면 효과는 배가 된다.
낮 칭찬은 새가 듣고 밤 칭찬은 쥐가 듣는다.
칭찬은 발 없이 곧장 천 리를 가는데, 이내 내게로 돌아온다.
빛보다 빠른 게 칭찬의 보답이다.
칭찬을 낭비해도 좋은 이유다.

경계선을 수호하라

자신감은 박수를 받지만
자만심은 야유를 받는다.

사실, 잘난 척할 때처럼 만족스러운 게 없다.
사탕보다 더 단맛 나는 게 있다.
바로 잘난척하는 맛이다.
내내 그 맛을 달고 사는 사람이 많다.

누군가 안 추켜세우니 스스로 우쭐거려 만족하는 것이나
내 입만 즐겁고 상대의 귀는 괴로운 게 자만이다.

상대는 묻지도 않고 궁금하지도 않은데
혼자 멍석을 깔고 혼자 춤을 추며 신나 한다.
그 누구도 박수 쳐줄 생각이 없는데

두 팔을 들고 손을 흔들어댄다.

멍석에서 내려오는 순간,
'잘난 것도 없으면서.'
'뭐 그리 잘났기에.'
혼자 멍석 깔아놓고 혼자 춤추고 손 흔들면, 욕먹기 딱 좋다.
멋진 자신감엔, 사람들이 함께 OK를 외치지만
허황한 자만심엔, KO 패를 주장한다.

'자만심'을 '자신감'으로 착각하지 마라.
스스로 칭찬하고 스스로 높아지려고 하지 마라.
정말 뛰어난 사람은 스스로 올라서지 않아도
누군가 올려주려고 애를 쓰기 마련이다.
정말 괜찮은 사람은 스스로 말하지 않아도
누군가 칭찬해 주러 다가오기 마련이다.

자신감이 좋은 사람과는 함께 밥을 먹고 싶지만
자만심이 넘치는 사람과는 함께 앉아 있기도 싫다.

자신감은 '득'이 되지만, 자만심은 '독'이 될 뿐이다.

착각하지 마라.
나는 자신감으로 말한다고 생각하지만
상대가 인정치 않는다면 '자만'하고 있는 거다.

진짜 재산이 많은 사람

당장 백만 원이 없는데, 꼭 필요한 상황이라고 가정해 보라.
주변 사람들이 나를 어떻게 생각하는지 알 수 있다.

"나 지금 백만 원이 꼭 필요해. 보내줄 수 있어?"
"급한데 백만 원만 빌려줄 수 있을까?"
전화 한 통으로 백만 원을 빌려줄 사람이 몇인지 생각해 보라.
혹 궁금하면 한 번 실험해 보아도 좋으리라.
그간 내가 어떻게 살아왔는지 알게 될 것이다.

열 사람쯤이면 충분히 잘 살았고
그보다 훨씬 많다면 정말 잘 살아온 거다.

만약 손가락을 꼽기 민망할 지경이면, 제대로 못 산 것이며
아예 꼽을 손가락이 없다면 인생 헛되이 살아온 것이다.

가족 중에도 아예 없다면, 내 삶을 반드시 돌아봐야 한다.
내가 어떻게 살아온 것인지 왜 주변에 도움 줄 이가 없는지

전화 한 통으로 백만 원을 곧장 빌려줄 사람이 있다.
그는 분명….
내가 입원하면 만사 제치고 곧장 병원으로 달려올 사람이다.
"어디가 아픈데? 괜찮은 거야?"
인사치레가 아니다. 그 말은 진심이다.
내 부모가 돌아가셨을 때, 제일 먼저 달려와
함께 울어줄 사람이다.
"내 어깨에 기대고 있어."
그 역시 진심이다.

곁에 진심인 사람이 많으면, 많은 재산을 갖고 있는 셈이다.
그들은 돈으로는 채울 수 없는 걱정과 위로를 갖고 오게 되어
있다.

나 역시, 전화 한 통에 백만 원을 보내줄 사람이 있다면

그에게 큰 재산이 되어주고 있는 셈이다.

돈보다 사람이 재산인 이유다.

지금 당장, 손을 꼽아보라.

손가락이 모자라야 진짜 알부자다!

내가 정말 부자일까?

궁금하다면 전화 한 통 걸어보라.

'후회'라는 몹쓸 병

어제 한 후회를 반복하지 마라.

사람의 잦은 질병 중 하나가 있다.
다름 아닌, 어제 한 후회를 반복하는 악성 질환이다.
일주일 전에도, 한 달 전에도
후회라는 병에 시달렸을 테다.

연속된 후회는 고통 없이는 못 고친다.
생각보다 큰 병이라서 과감히 잘라내야만 한다.
단단히 각오하고 치료해야 한다.

의사도 환자도 모두 나 자신이다.
스스로 진단하고 스스로 치료하는 희한한 병이다.
다행인 건 스스로 치료해도 의료법에 절대 안 걸린다.

반복된 '후회'라는 질병은 담배보다 끊기 힘들다.
쉬이 고치려니 못 고치는 거다.
이내 고치려니 불가능한 거다.

아침에 잠깐, 되뇌는 약을 복용하자.
되뇜은 제법 효과가 있다.

'오늘은 절대 어제 한 후회를 반복하지 않는다.'

출입문에 붙여 놓아도 좋다.
기왕이면 눈높이에 붙여 놓으시게!
출근하며 맨 나중 보고 퇴근하면 제일 먼저 보라.
보이면 외면치 말고 읽어라.
읽은 게 아까워 치료에 힘쓰게 된다.

머리로 또 입으로 되뇌어 보라.
보약만큼은 아니지만 제법 효능이 있다.
효과가 있으면 내일도 하고 모레도 하자.

결국, 보약만큼 효과가 생긴다.

한참 고쳐진 나를 발견할 수 있다.

어느 날 문득

후회라는 반복의 병이 완치된 나를 발견하게 될 것이다.

절대, 종이를 떼어내지 마라.

재발 위험성이 높은 질환이니까.

방법이 틀렸다

스트레스를 화로 푸는 사람이 많다.
마구 소리 지르면 후련하지만
듣는 상대는 속에 응어리가 쌓인다.

좋은 소리는 죽어도 안 하면서
성난 소리는 죽도록 거듭한다.
술 취해 내는 소리는 더욱 배가 된다.

화가 오르면 꾹 참고 차라리 노래방 기계를 켜라.
노래를 못 불러 듣기 싫더라도
성난 소리보다는 백배 좋은 게 노래다.

성을 낼수록 늘듯이 노래도 할수록 는다.
기왕 기술을 늘게 할 거면 노래 실력을 늘리는 게 득이다.

성이 차오르고 화를 견디기 힘들면, 일단 노래방 기계를 켜라.
한껏 노래를 부르고 나면 성난 마음은 자취가 사라진다.

무작정 화를 내는 건 방법이 틀렸다.
생각보다 화를 내서 해결되는 일은 거의 없다.
한데도, 사람들은 일단 화를 부리고 본다.

어차피 소리쳐도 해결되기 힘들 바엔
차라리 소리 높여 노래를 불러라.
부르다 보면 잘 부르게 되어 듣기 좋은 소리로 변한다.

노래로 화를 참는 게 습관이 되면
노래방에 가는 동안, 노래방 기계를 켜는 동안
노래를 부르는 동안, 다시 집으로 돌아가는 동안
많은 숨을 몰아쉬게 되고 많은 생각을 하게 된다.

단순히 노래를 권장하려는 게 아니다.
움직임이 많은 습관을 들이면 화를 줄이는 데 효과적이다.

더 좋은 건, 그러다 보면

노래 안 불러도 성을 참을 수 있게 된다.

0을 향해 질주하라

목표의 수는 높고 큰 게 정석인데
0을 향해 질주하라니, 무슨 말이냐 할 것이다.

빚을 내버려둔 채 돈을 모으려는 사람이 있다.
빚을 둔 채로 돈을 모은다는 건 허황한 계획이다.

빚을 갚는 건 고역이고 모으는 건 행복해서라지만
돈에 대해 잘못 아는 사람들이 하는 행위다.

대출보다 저축의 이자를 더 많이 주는 은행은 한 곳도 없다.
은행은 수많은 대출 상품을 개발한다.
'제발 돈 좀 빌려 가라고!'
각종 미디어를 통해 광고까지 해댄다.
돈을 많이 빌릴 수 있는 사람이 능력자인 줄 아는 세상이다.

어느 순간부터 은행이 그렇게 만들어놓았고
사람들은 보기 좋게 그 미끼를 물었다.

세상이 뒤집어져도
은행은, 저축 이자를 대출이자보다 더 줄 생각이 없다.
애초 그럴 생각도 없고 그래서도 안 된다.
그랬다면 은행이라고 할 이유가 없다.

대출이자 수입이 엄청난데
은행이 어리석은 짓을 왜 하겠는가.
하니, 저축보다 빚을 먼저 갚는 게 우선이다.
너무 당연해 두 번 말하면 잔소리다.

적금이자 하나를 얻느니 대출이자 두 개를 줄여야 옳다.
빚이 있다면 우선 0을 향해 온 힘으로 달려야 한다.

십 원 갚으면 십 원만큼 고통이 준다.
본디 빚이라는 게 그렇다.

다 갚으면 고통도 죄다 사라진다.
저축보다 빚을 먼저 갚아야 하는 이유다.

더 좋은 방법은 빚을 지지 않는 것일 테고
어쩔 수 없이 빚을 지게 되었다면
한 푼 생기면 한 푼부터 갚는 거다.
정 어쩔 수 없다면 반 푼이라도 갚아야 한다.
그래야 아직 빚이 남았더라도, 다리 뻗고 잔다.

빚을 남겨둔 채 돈을 모으려 하면
빚이 남겨진 내내, 다리 뻗고 못 잔다.

빚의 습성이다. 잊지 마라.

하루 오 분만 시간을 쪼개라

부모라서 당연히 여기는 게 참 많다.
부모라서 고생해도 되고 부모라서 아파도 되고
부모라서 불편해도 되고 부모라서 양보해도 된다고 여긴다.

이미 다 내어줬는데도 자식들은 더 달라고 아우성이다.
이미 더 줄 게 없는데도 자식들은 더 가져가려고 떼쓴다.

그래도, 못난 자식을 부모는 이해할 테지,
다 좋으니 그런 부모를 위해 하루 오 분만 투자하자.
시간이 제아무리 없다 한들
오 분도 아까울 지경이라면 말 다 했다.

일기장에 기록하며 펑펑 눈물 흘리라는 말이 아니다.
전화를 해서 오래도록 통화를 하라는 말도 아니다.

그러면 좋겠지만, 생각보다 어려운 일이라는 걸
자식도 알고 부모도 안다.

다 양보한, 다 꺼내 준 나의 부모님.
겨우 하루의 백 분의 일, 아니 이백 분의 일도 안 되는 시간
딱 오 분만 부모를 생각하라는 거다.
그저 생각만 하면 된다. 잠깐 앉아서 딱 오 분.
그로 충분한 시간이다.

힘들다고 푸념하는 시간을 조금만 쪼개라.
비싼 커피 마시며 수다로 고민 나누는 시간을 쪼개라.
홀로 하는 푸념보다, 동료와의 수다보다
부모를 떠올리는 오 분이 백배 더 효과적이다.

하루 오 분, 매일 기적이 일어난다.
부모라서 고생해도 되는 게 아니었다는 걸.
부모라서 아파도 되는 게 아니었다는 걸.
부모라서 불편해도 되고 다 양보해도 되는 게 아니었다는 걸.

하루 오 분이면 깨닫게 된다.

신비하게도 어제 깨닫고 오늘 또 깨닫는다.
아, 웬걸, 내 고통은 고통의 범주엔 어림도 없음을 깨우친다.
아, 웬걸, 그깟 게 뭐가 힘든 일이었다고.
이제 힘들 일이 하나도 없다!

하루 오 분!
부모만이 줄 수 있는 엄청난 마력이다!

기억하는 사람 되기

나를 각인시킬 요량으로 많이 쓰는 방법이다.

내가 생각한 걸 상대에게 주입시키기다.

즉, 말을 많이 하는 거다.

하지만 이 방법은 제발 나를 외면해 달라는 부탁이다.

말이 많은 것과 말을 잘하는 건 전혀 다르다.

말을 잘하는 사람은 나를 좋아할지 모르나

말이 많은 사람을 좋아하는 사람은 없다.

'그 사람 참, 말 많네.'

'아 말이 너무 많아.'

말이 많은 건 누구에게나 흉이 된다.

상대에게 나를 각인시키려 한 행동이 흉이 되는 거다.

나쁜 용도로 사용치 않을 목적으로
누군가와 대화하는 걸 가끔 녹음해서 들어보자.
내가 평소에 얼마나 말이 많았는지 깨닫게 된다.

대부분의 사람들은 자신이 말이 많은 편이 아니라고 여긴다.
그렇게 말을 많이 해놓고서도 아직 못한 말이 많아 그렇다.

상대에게 나를 각인시키는 것 중 하나가 언어인 건 맞다.
하지만 양에 따라 호감이냐 거부냐가 뒤바뀐다는 걸
절대 잊어서는 안 된다.

그렇다면, 나를 기억하게 만드는 방법은 무엇일까.
생각보다 방법이 어렵지 않다.
내 말을 최대한 줄이고 상대의 말을 많이 들어주는 거다.

입장을 바꾸면 수월하다.
많이 듣고 공감해 주는 사람과 내내 자기 말만 늘어놓는 사람
누굴 더 친구 삼고 싶었는가.

내가 말이 많으면 상대도 나를 친구 삼고 싶지 않다.
나 역시도 그렇지 않았는가.

누군가가 기억하는 사람이 되고 싶다면
내가 기억하고 싶은 사람처럼, 친구 삼고 싶던 사람처럼 행동
하라.

3장

빈 병의 한숨

나는 재사용 병이야.
나는 재활용 병이 아니라고
모르겠어?
말 그대로 다시 사용하는 병이라고
활용하는 병이 아니라는 말이야.

우리 가족은 크기도 하고 작기도 해.
유리로 온몸이 만들어져 있으니 상처도 난다고
어떤 때는 박살이 난단 말이야.

빈 병이 모두 재사용되는 게 아니야.
당연하게 모두 재활용되는 것도 아니고

재사용과 재활용에 대해 아직도 모르는 거야?

그럼 재웅 아저씨한테 물어봐.

재웅의 '빈 병' 구별법

재사용과 재활용에 대해 모르는 사람이 많다.

재사용 병은, 이미 사용한 병을 완벽히 씻어

다시 음료나 술을 채워 팔 수 있는 병을 말한다.

재활용은 애초부터 재사용 의무가 없는 병을 말한다.

혹은 부서지고 깨져, 재사용 불가하게 된 병이다.

재활용은 병을 완벽히 분쇄한 다음

원액으로 만들어 이후 다른 용도로 만드는 것이다.

재사용 병과 재활용 병은 엄연히 다르다.

자세히 보면 '재사용' 표기가 있다.

재사용에는 맥주, 소주병이 큰 비중을 차지한다.

특히, 우리나라 사람들은 소주를 훨씬 많이 마신다.

소주 마니아들은 흔히 맥주는 음료수라고 말하곤 한다.

뭔가 쌉쌀하고 톡 쏘는 진한 맛의 소주를 좋아한다.

소주를 마셔야 술을 마신 것 같고

소주에 살짝 취해야 마음의 소리도 나온다.

당연하게도 백광공병에도 맥주병보다는

소주병이 훨씬 많이 들어온다.

이렇게 큰 병은 대부분 다시 씻겨 재사용된다.

재활용되는 병은 따로 있다.

쉽게 설명하자면 맥주병과 소주병은

사용한 병을 다시 깨끗하게 씻어 사용하는 거다.

내가 마시는 맥주와 소주병이 이미 누군가 사용한 거라고?

걱정할 것 없다. 처음 만드는 병과 일정하게

오염 제로로 세척하고 난 다음이라야 재사용한다.

그렇기 때문에 마시고 나면 깨끗하게 버려야 한다.

물론 재활용 병이라고 지저분하게 버려도 된다는 말은 아니다.

둘 모두 깨끗하게 버려야 하는 건 마찬가지다.

사업을 하다 보면 별의별 사람을 다 대하게 된다.

도저히 말이 안 통하는 사람

계산이 엉성한 사람

불성실하기 짝이 없는 사람

절대 상대하고 싶지 않은 사람

뭐든 무시하고 보는 사람

그 외에도 생각하고 싶지 않은 군상들이 참 많다.

많은 '빈 병'을 보고 있노라면

사람도 매한가지라고 여길 때가 있다.

재사용은 절대 할 수 없는 사람이 있어서다.

누구나 실수할 수 있고

누구나 잘못도 할 수 있지만

반성하지 않는 사람이 많다.

나는 재사용되지 않겠다는 심보다.

몸에 먼지가 가득하면 씻어내야 한다.

나쁜 때가 끼어 있으면 말끔하게 닦아내면 된다.

그래야 좋은 향기가 난다. 재사용 병이 그렇다.

기왕이면, 재사용 가능한 병이 되자.

말끔히 씻고 좋은 향기를 뿜어내는

사람들이 다시 찾아 주는 좋은 병, 좋은 사람 말이다.

열 배 더 버는 사람의 비밀

나보다 열 배 더 버는 사람이 있다.

'부럽다. 그는 정말 그는 운이 좋다.'

'나보다 딱히 뭘 더하는 것도 없는데 열 배나 더 번다고 하니'

나와 비슷하게 일하는 것 같은데 무슨 재주인지 모른다.

딱히 나보다 부유한 집도 아니라던데,

주식 투자를 잘해 돈이 많이 생긴 것도 아니라던데,

어떤 재주가 있어 그리 많이 버는 걸까.

맞다. 그 사람이 만에 하나꼴인, 세상 운 좋은 사람일 수도 있다.

하지만, 그럴 확률은 극히 드물다.

그럼 그는 어떤 재주로 나보다 열 배 돈을 더 버는 것일까?

알고 보면 별거 아니다. 그 별거 아닌 게, 실은 별거다!

나보다 열 배 더 버는 사람은

나만큼 놀거나 쉬지 않고, 나만큼 잠을 많이 자지 않는다.

나만큼 헛된 낭비를 하지 않으며, 나만큼 헛된 시간을

허비하지도 않고, 나만큼 휴대폰에 매여 살지 않을뿐더러

확언하건대, 게임 시간도 훨씬 적다.

딱 먹을 만큼만 야식을 주문했을 테고

나처럼 할부로 잔뜩 구매하지도 않는다.

나와 비슷하게 일한다는 기준 역시, 내 기준일 뿐이다.

어설피 상대를 살피고 하루를 다 본 듯 말하지 마라.

어설피 살폈다면 어설피 밖에 모르는 거다.

나보다 열 배 더 버는 사람은

나보다 열 배는 아니라도, 최소한 나보다 한참 더 일한다.

나보다 덜 쉬고 나보다 덜 잤을 확률이 높다.

그렇게는 살기 싫은가.

그렇다면 열 배 더 버는 사람을 부러워하지 마라.

지금보다 열 배 더 벌고 싶은가.

그렇다면, 지금보다 열 배만큼은 아니더라도

최소한 지금보다 훨씬 더 일해야 한다.

그들도 그렇게 시작했던 것뿐이다.

알고 보면 별거 아니다. 그 별거 아닌 게, 실은 별거다!

신호를 무시하고 달려라

이것만큼은 속도위반이 좋다.
신호를 무시하고 일단 달려라.
느릴수록 감당이 어려워진다.
그러니 제발, 속도위반 좀 해라.

사람들은 이상하게 사과하길 싫어한다.
사과하면 내가 지는 거라고 여긴다.
사과는 중한 죄를 지은 사람이나 하는 거라고 착각한다.
해서 상대가 마냥 이해하고 넘어가 주기를 염치없이 바란다.

그래도 상대가 포용치 않을 경우
택하는 방법이 변명이나 핑계다.
'사실 내가 그랬던 이유는'
'나는 안 그러려고 했는데'

'일부러 그런 게 절대 아니고.'
온갖 핑계를 늘어놓지만, 이미 상대는 들을 마음이 없다.

애초 변명이나 핑계는 나만 좋을 뿐.
상대는 변명보다 더 많이, 핑계보다 더 많이, 나를 평가절하한다.
얕은수로 위기를 모면하면 그리되는 법이다.

사과하는 모습은 나쁘지 않다.
내 실수와 잘못을 인정하는 게 왜 나쁜가.

실수든 잘못이든 사과가 옳다.
빠를수록 효과적이다.
사과한다고 무작정 지는 것도 아니다.
빠른 사과가 때로는 상황을 역전시키기 때문이다.
한껏 화가 올랐어도 진심 어린 사과엔 말문이 막힌다.
큰 죄를 지은 사람에게도
중한 벌에 앞서, 진심 어린 사과를 먼저 요구하지 않던가.
또 진심 어린 사과 앞에서는 사람의 마음이 약해지기 마련이다.

빚을 받아내려던 사람에게 채무자가 먼저 찾아왔다.

돈을 왜 안 갚는 거냐고 말하기 전에, 채무자가 미안하다고

정말 미안하다고 먼저 말하면, 채권자는 할 말이 없어진다.

진심 앞에서는 본디 말이 막히는 법이다.

갚을 수 없는 상황엔 피하지 않고 먼저 사과를 하는 게 좋다.

말 한마디로 천 냥 빚까지 탕감받지는 못하더라도

최소한 당장의 위기는 넘기게 된다.

실수와 잘못을 했다면, 최대한 빨리 사과하라.

빠른 사과는 일을 수월하게 만들고

요령과 변명만 일삼으면 일이 복잡하게 꼬인다.

실수나 잘못에도 상대에게 외면당하지 않는

유익한 방법은, 빠른 사과다.

존중하고 존경하라

두부를 만들 줄 모른다면 두부 만드는 사람을 존경하라.

만두를 만들 줄 모른다면 만두 만드는 사람을 존경하라.

배를 몰 수 없다면 선장을 존경하라.

농사지을 재주가 없다면 농부를 존경하라.

누군가를 가르칠 재주가 없다면 교사를 존경하라.

내가 할 수 없는, 해내지 못하는 일을 하는 모두를 존경하라.

내가 존중받고 싶다면 먼저 존중하라.

존중하면 존중받고 존경하면 존경받는다.

때로 내가 할 줄 모르는 일은 쉬운 일로 생각할 때가 있다.

값이 싼 제품을 만드는 일은 특별한 일이라 여기지 않는다.

세상에 대단한 일이 따로 있는 게 아니다.

위대한 일이 따로 존재하는 게 아니다.

내가 할 줄 모르는 일이 대단한 일이며
나는 할 수 없는 일이 위대한 일이다.
그로, 세상의 모든 일은 다 위대한 거다.
내가 할 줄 모르는 걸 할 줄 아는 사람은
내게 대단한 사람인 거다.

나는 감히 도전조차 하지 못해 불가능했던 일을
누군가 능숙히 해내지 않는가.
얼마나 위대한 사람인가.

농사를 지을 재주를 가진 농부가 있으니
내가 세끼 따뜻한 밥을 먹을 수 있는 것일 테고
옷을 만들 재주를 가진 사람이 있어.
멋진 옷을 입고 살 수 있지 않은가 말이다.

세상의 모든 사람은 잘하는 것보다 못하는 게 훨씬 많다.
제아무리 똑똑한 사람도 아는 것보다는 모르는 게 훨씬 많다.
남의 일을 쉽게 보면, 남의 생각을 쉽게 판단하면 안 되는 이유다.

내가 못하는 일이니 존중을 넘어 존경해야 옳다.
그래야 나의 일 역시 존중받을 수 있다.

최대한 빠른 게 좋다

살다 보면 누군가에게 부탁할 일이 생기고
부탁받을 일도 생긴다.

다른 게 있다면 내가 아쉬울 게 많을 때
부탁할 게 생기고 아쉬울 게 없을 땐, 부탁받을 일이 많다.

상황으로 보자면 가진 게 많은 사람이
부탁받을 경우가 더 많다.

상대는 '부탁'을 위해 큰 용기를 낸 거다.
몇 번의 고민 끝에 찾아온 거다.
그만큼 절박하고 시간도 촉박할 것이다.

도와줄 거면 생색 없이 도와줘라.

불가능하다면 빠르게 거절하라.

상대는 시간이 없다.
빨리 거절해야 다른 방도를 찾아 나선다.
도와줄 듯 시간을 끌면
상대는 다른 방도를 찾을 시간을 허비한다.

다만, 너무 매정한 건 매너가 아니다.
그렇다고 너무 미안해해도 안 된다.

왜 부탁을 하느냐며 화내면 안 된다.
부탁을 받는다고 화낼 자격까지 생긴 건 아니다.
그쯤 해결 못 하냐며 가르치듯 말하면 더욱 곤란하다.
친구 사이라도 큰 결례다.

목소리를 낮추고 도움이 불가하다고 전하자.
상대와 같은 목소리 톤을 유지하는 게 좋다.
부탁이 다시 이어질 수 있으니

분명하게 안 된다고 해야 한다.

부탁을 소문내는 사람이 생각보다 많다.
'나한테 돈 빌려달라고 왔던데?'
'나를 찾아왔더라고'
도움의 유무를 떠나 무조건 해선 안 된다.
도와주었든 못 도와주었든, 최소한 그런 짓은 하지 말자.

거절은 괜찮지만, 부탁을 소문내는 건
'내가 이렇게 인격이 부족해' 하고 말하는 거다.

약속 시간을 꼭 지켜야 하는 이유

"나 삼십 분쯤 늦게 도착할 거야."

흔히 접하는 문자다.
교통문제 등 여러 이유들로 약속에 늦을 수 있다.
피치 못할 사정을 이해 못 할 사람도 없다.
해서 삼십 분쯤 늦는 걸 대수롭지 않게 여긴다.
그쯤 별거 아니라는 식이다.
과연 그럴까?

희한하게도 그 피치 못할 사정이
유독 같은 사람에겐 늘 벌어지니 문제다.
"차가 밀려서."
"제시간에 오던 중인데, 갑자기 급한 전화가 와서."
이유가 너무 빤해서 진부할 지경이다.

시간을 지키는 사람은, 늘 시간 약속에 철저하다.

절대로 늦는 법이 없다.

반대인 사람은 열 번에 열 번 다 늦는다.

시간을 늘 어기는 사람은 하나만 알고 둘은 모른다.

시간 약속 하나로 다른 면모가 파악되기 때문이다.

'다른 일 역시 시간은 안 맞추겠지.'

'약속한 날짜까지 안 하고 핑계 댈 확률이 높아.'

'시간을 지키는 사람에게 맡겨야 안심이 되지'

일이 맡겨지기도 전에 평가받는 거다.

시간을 안 지키는 사람은 대부분 업무도 소홀하다.

일은 굉장히 잘하지만, 단지 약속 시간은 늘 늦는다고?

미안하지만, 그런 사람은, 있어도 없다고 생각한다.

그게 사회라는 공간이다.

내 할 일 다 하고 재촉 이후에야 서두르는 사람

그런 사람은 시간 약속에 늘 늦기 마련이다.

한 번은 웃고 넘어가고 두 번은 이해한대도
세 번이 되고 네 번이 넘어가면, 상대는 내 신용을 바닥으로 본다.

시간을 지킨다는 건, 그 이외의 것에 대한 신뢰지표다.

"아, 오다 보니 길이 막혀 너무 늦었습니다."
"반갑습니다. 조금 전 도착해 기다리고 있었습니다."

과연 누구의 서류에 사인하겠는가.

너만 안 통한다고 생각한다

"우와…. 말 진짜 안 통한다."
"너랑은 말을 할 수가 없어. 왜, 안 통하니까."
"누가 할 소리."

이런 대화 몇 번쯤 안 해본 사람이 있을까.
부부가 이런 말 자주 하면 등 돌리고 잔다.

"진짜 말 못 알아듣는다."
분통을 터트리다 못해 주먹으로 가슴을 쳐댄다.
누구와 만나도 늘 그런 사람이 있다. 너무 많아서 문제다.

'나는 잘 통'하는데 '너는 잘 안 통'한다고 여겨서 그렇다.

정말 상대는 내 말을 다 못 알아듣는 걸까?

아니, 정말 잘못 알고 있다!

상대는 못 알아들은 게 아니다.
내 말에 긍정하고 싶지 않은 것뿐이다.
고개를 끄덕이며, 대체 무슨 말이냐고 묻는 사람이 있던가.
한데 사람들은 부정적 반응에 일단 발끈한다.
그러고는 말을 못 알아듣는다며 화내기 일쑤다.

여기서 잠시 숨을 쉬어야 한다.
오 초면 충분하다. 그동안 긴 숨을 내쉬며 인내하자.
가슴을 치지 말고 상대가 되는 거다.
'상대는 다 알아들었다. 다만, 긍정치 않는 거다.'
'나는 상대에게 긍정을 얻지 못한 거다.'

곧장 답이 나온다.
'긍정'을 얻지 못한 나를 발견한다.
소통에서, 반은 내 잘못이라는 거다.
결코, '너만 안 통한' 것도 아니며 '나는 잘 설명했는데'도 아니다.

나의 설명이 부실했거나 장황했단 증거다.

제대로 준비하고 대화를 줄여라.

간결하게 핵심만 준비해 다른 이와 대화해 보라.

"아. 그렇군요. 네. 맞습니다."

"저도 그렇게 생각합니다."

같은 내용인데 분명 다르게 반응할 것이다.

자, 이제 처음 만났던 상대와 마주 앉아라.

같은 내용 같은 사람인데 다르게 답할 것이다.

"아, 맞습니다. 좋은 생각입니다."

"저도 그 의견에 동의합니다."

상대는 못 알아들은 게 아니라 긍정치 않았던 거다.

보물보다 귀한 보물

내게 보물이 들어왔다.

이런 보물이 내게 들어올 거라고는 생각지 않았는데

평소 알음알음 들었던 것과는 차원이 다르다.

보물이라는 이름에 걸맞게, 감동이 절로 터진다.

진짜 보물이라 그런지, 보는 순간 가슴이 먹먹해진다.

어떤 표현을 붙여 이 보물에 대한 가치를 쓸 수 있으랴.

이 보물은 너무 값진 것이라서 잘 못 만지면 깨진다.

하니, 쉬이 다루면 절대 안 된다.

부서질까 깨질까 조심하지 않을 수가 없다.

보물이 손에 안기는 순간

어떻게 안고 있어야 괜찮은 건지

이렇게 그냥 안아도 되는 건지 헷갈린다.

조심스럽게 내려놓고 종일 살핀다.
혹여 바람에 쓰러질까, 창문 틈새 바람까지 살핀다.

보물이라 그런지 반짝반짝 빛이 난다.
이래서 보물은 함부로 말해선 안 되고
함부로 만져도 안 된다고 하나보다.

조심조심 보물을 지키려고 온 정성을 쏟는다.
살아오며 이렇게 정성을 다해 뭔가를 지켜본 적이 있던가.
누군가 흉을 볼지 모르지만, 아랑곳하지 않는다.
보물은 내가 평생 지켜야 할 의무가 된다.

날이 갈수록 보물은 더 감동이다.
어제보다 그제보다 더 큰 의무감으로 보물을 살핀다.
밤을 새워 지키는 건 다반사고 밥을 굶어가며 지키기도 한다.

세상 그 무엇도 내 보물과는 비교할 수 없다.
백 층짜리 빌딩 백 개를 준다고 해도 절대 바꿀 생각이 없다.

보물은 목숨만큼 아니 그보다 더 귀하기 때문이다.

태어난 지 백일, 내 아이가 나를 보며 방긋 웃고 있다.
보물보다 더 귀한 보물, 내 목숨보다 아니 그보다 더 귀한 보물
아이가 태어난 지 백 일째, 사랑하는 아빠

아닌 척했지만….
내 부모님도 나를 그렇게 키웠으리라.
아닌 척하며 키웠지만….
나도 아이를 그렇게 키웠다.
부모는 티 내지 않고 자식이라는 보물을 지키는 수장이다.

세상 모든 사람은 그렇게 키워졌다.
헛되이 살면 안 되는 이유다.
잊지 마라. 나는 부모에게 목숨보다 귀한 보물이라는 걸.

못 들은 척, 못 본 척

다들 남의 일에 관여치 말아야 한단다.

맞다. 남의 일에 이래라저래라 하다 혼쭐나기 일쑤다.

누구도 자신의 일에 참견하는 사람은 싫다.

하지만 상황에 따라 다르게 판단해야 한다.

방송에서 실험한 적이 있다.

각 교실에 한 사람씩 들어가게 했다.

모두 각 교실에 한 사람씩 들어가 있음을 인지한 상태였다.

밖에서 비명 소리가 들려왔다.

하지만, 누구도 밖으로 나가지 않았다.

각 교실에 있는 사람들이 나빠서 그런 게 아니다.

이런 경우, 내가 아니라도 누가 도와주겠지, 판단한단다.

본디 사람의 심리가 그렇단다.

이번엔 교실에 여러 명을 들어가게 했다.

오로지 한 교실에만 모두 모여 있음을 인지시켰다.

이때 복도에서 비명이 들려오자 모두가 밖으로 나갔다.

밖에 누구도 도와줄 수 있는 사람이 없음을 인지해서란다.

여기서 명심해야 할 게 있다.

누군가 도와주겠지 하는 마음이다.

그래, 누군가 도와주러 왔다고 하자.

내가 달려갔다 한들 무엇이 잘못이랴.

두 손으로 도우면 더 수월할 테지.

도움 주는 사람이 따로 있는 게 아니다.

아무 도움 없이 사는 사람은 없다.

사람은 누구나 도움을 받고 산다.

생각보다 잦은데 잊고 살 뿐이다.

도움을 청하는 사람을 보았거나, 들었다면

내가 먼저 들었다고, 내가 먼저 보았다고 여겨라.

도와줄 사람이 나뿐이라고 판단하라.
못 들은 척, 못 본 척했던 적 제법 있을 거다.

도움의 목소리를 내는 누군가,
어느 날의 내가 될 수도 있음을 명심하라.

목표는 분명해야

목표가 있고 없고의 차이는 무척 크다.

뭐든 마찬가지인데,

'목표'라는 놈의 힘은 엄청나다.

누군가의 운명을 바꿔놓는 재주꾼이 바로 '목표'다.

경기에서 금메달을 따려는 운동선수와

취미로 운동을 하는 사람은 같을 수가 없다.

선수는 금메달이라는 목표가 뚜렷하지만.

취미인 사람은 해도 그만 안 해도 그만이다.

당연히 운동의 강도가 다를 수밖에 없다.

요리사를 목표하면 대중적 입맛에 맞추려고 연구하지만

자취생은 내 입에 맞으면 그만이다.

역시 '목표'의 유무 차이다.

돈도 그렇다. 아니 돈이 제일 그렇다.

목표 없이 돈은 절대 안 모인다.

뚜렷한 목표가 없이 돈을 모으면 속도전에 뒤질 수밖에 없다.

해서 포기하기 십상이다.

액수가 많든 적든 '돈'은 공통점이 있다.

일단 현재보다 더 갖고 싶어 한다.

만약 같은 액수를 가진 경우, 누가 더 많이 모을까?

한 사람은 이천만 원이 모일 때까지 반년이 걸렸고

한 사람은 삼 년이 걸려도 모으지 못했다.

모아야겠다는 생각은 같았는데도 말이다.

무슨 이유일까?

한 사람은 돈을 모을 목표가 뚜렷했고

한 사람은 목표가 약했거나 없었기 때문이다.

'삼 개월 안에 학원을 등록하려면 백만 원이 필요해.'

'이 년 후 전세를 구하려면 삼천만 원을 모아야 해'
'가게를 차리려면 육 개월 동안 오백만 원을 저축해야 해'
이처럼 돈을 모으는 목표가 뚜렷해야 한다.
돈은 지독한 목표를 가진 사람에게만 달라붙는다.
목표가 없으면, 돈을 모으려는 열정이 타오르지 않는다.

돈을 모으고 싶다면, 뚜렷한 목표를 세워라.
그래야 열정이 생기고 열정이 생겨야 즐거움이 는다.
즐거움이 커질수록 목표지점이 가깝다는 증거다.

이제는 목적이다

'목적'은 '목표'와는 엄연히 다르다.
목표는 앞서 말한 것처럼 정확한 계획을 말한다.
반면 목적은 목표를 이루기 위한 이유라 하겠다.

'학원을 수료해야 하는 이유'
'전셋집으로 이사해야 하는 이유'
'가게를 차리려는 이유'

왜, 무엇 때문에 돈을 모아야 하는지, 이유와 명분이 바로 목적
이다.
해서 목적을 먼저 정하고 목표를 설계하는 게 좋다.

내가 이 일을 왜 하려고 하는지, 해서 얻는 게 무엇인지
이유가 분명해야 실행력이 높아진다.

또 그 목적을 이루기 위해 실행하는 게 바로 '목표'다.

돈을 모으고 싶은가.

그렇다면 우선 목적을 세워라.

무엇을 하고 싶은지, 왜 해야 하는지

이제 목적을 세웠다면, 필요한 자금이 얼마인지 계산하라.

필요 금액에 '목적'을 두고 달려가야 한다.

'목적'지에 도착하는 순간 '목표 달성'이 된다.

돈은 사람을 알아본다.

아무에게나 붙지 않는 기묘한 도구다.

손도 없는데, 사람을 쥐고 흔들며 발도 없는데 도망도 잘 간다.

돈은 목적이 약한 사람에게는 가지 않는다.

목표가 허술해도 냉정히 외면한다.

돈은 사람보다 훨씬 철두철미하다.

돈을 모으고 싶은가.

그럼 노트를 펴고 목표를 세워라.

내가 무엇이 되고, 왜 되려고 하는지 구체적으로 써라.

이제 돈을 모을 방법을 연구, 구체적으로 적어라.

자세해야 실천 가능성이 높다.

다만, 과하면 안 된다. 얼마 안 가 포기 확률이 높다.

실행 가능해야 하며 매우 구체적이라야 한다.

그래야 돈이 굴러온다.

돈을 모으는 방법, 별거 아니다.

'목표는 구체적으로 목적은 더 구체적으로!'

이제 돈을 모을 일만 남았다.

자, 이제 실행하라.

발도 없는 돈이 내게로 달려올 것이다.

4장

나 잡아 봐라

우리 친구들이 사이다, 콜라 그리고 소주 맥주

이렇게 단출한 줄 알지?

더 있어 봐야 박카스에 미에로화이바쯤 생각하겠지만

큰 착각이야. 생각보다 나는 친구가 아주 많거든.

모두 '나 잡아 봐라' 하고 도망가면 누굴 잡을지 헷갈릴걸?

생각보다 모르는 게 많지?

그래서 병을 하찮게 여기면 안 돼.

그럼 대체 얼마큼인지 안 궁금해?

들으면 깜짝 놀랄걸?

재웅이 아저씨한테 물어봐 그럼.

아마 놀라 자빠질걸?

재웅의 재산

대한민국의 유리병은 우리 집에 거의 다 있다.

없는 것보다는 있는 게 더 많으니, 만만찮다.

언젠가 물어본 적이 있다.

"우리나라 재사용병과 재활용 병을 다 합치면?"

"총 병의 개수가 대략 얼마나 될까?"

글쎄, 과연 맞힐 수 있는 사람이 있을까?

혹시나는 늘 역시나다.

근접해서 맞히는 사람조차 없었다.

맞히기 이리 어려운가 싶다.

생각보다 너무 적기 때문이 아니라

상상을 초월할 만큼 엄청나서다.

우리나라에서 사용되는 병은 무려 삼천 가지쯤 된다.

아마, 다 놀랐을 거다!

"그렇게 많아?"

"뭐가 그리 많았지?"

아무리 떠올려 봐야, 맥주병 소주병뿐인데

조금 더 생각해도 음료수병 몇 가지 말고 뭐가

더 있는지 떠오르지 않을 것이다.

살펴보면 유리병이 꽤 많다.

고추장과 된장병, 화장품병, 꿀병에 기름병

그 수가 엄청나다.

모르고 사는 것도, 모르는 세계도 무궁무진하다.

곳곳 모르는 일을 누군가는 해낸다.

내겐 빈 병이 그랬다. 무관심하던 빈 병이

큰 재산이 되고 인생을 뒤바꿔 놓았다.

'빈 병' 덕에 방송 출연도 했고 유명해졌으니까.

직장을 그만둬야 하거나, 시험에 떨어지면 절망한다.

이후 일자리를 찾아도 늘 같은 범위만 본다.

나도 모르는 사이, 도전의 한계가 생긴 거다.

권고하기를 세상엔 많은 일이 있다.

주위만 맴돌지 말라며 권한다.

흔하고 재미없어 보이던 일에도

숨겨진 가치가 분명히 있다.

나는 '빈 병'만 취급한다.

연간 이십억 가까운 매출, 다들 입이 떡 벌어진다.

개당 이십 원, 숨은 가치를 찾아낸 덕이다.

좌절은 이르다.

무슨 일이라도 가치를 찾아보라.

늘 옆에 있어 안 보였을 수도 있다.

'나 잡아 봐라' 하며 소리치는데

듣지 않으니, 못 찾은 것뿐이다!

좋은 축구 선수가 돼라

얼마 전 축구 선수들이 말썽인 적이 있었다.

주장의 말을 안 들은 어린 축구 선수가 제멋대로 행동했다.

팀워크가 안 이뤄지니 경기에 질밖에.

전 국민의 지탄을 받는 게 당연했다.

축구 경기는 팀워크가 매우 중요하다.

제아무리 잘난 축구 선수도 혼자만 잘해선 소용없다.

혼자만 잘한다는 게, 말이 안 되는 게 축구다.

골키퍼의 임무도 막중하다.

공격이 뛰어난 팀도 상대 골키퍼가 뛰어나면

골인을 시키는 건 여간 힘든 게 아니다.

이처럼 축구 경기는 모든 선수가 중요하다.

어느 선수도 소홀해선 안 된다.

사회는 다를까?

사회생활은 축구 경기와 비슷하다.

경기장에서 뛰어야 하는 선수가 있는가 하면

날아오는 공을 반드시 막아야만 하는 골키퍼도 필요하다.

어디 그뿐이랴. 감독에 코치는 기본이고

한껏 소리쳐줄 응원단도 필요하다.

한데, 자꾸만 혼자 뛰는 선수가 있다.

열에 한둘 버릇 나쁜 선수가 경기를 망친다.

나쁜 선수는 나쁜 경기를 만들고 경기에 지게 만든다.

나쁜 선수는 자신만이 골을 넣으려고 한다.

홀로 박수갈채를 받아 영광을 누리고 싶어 한다.

공을 패스할 생각 없이 혼자 무작정 뛴다.

하지만, 절대 골인에 성공하지 못한다.

분명, 얼마 못 가 상대 팀에 공을 빼앗길 것이다.

관중은 야유하고 남은 경기엔 절대 참여 못 한다.

축구는, 잘난 체하면 나부터 진다.

제발 상황을 살펴 동료 선수에게 패스하라.

어떻게 패스하는가에 따라 내 실력도 평가받는다.

무작정 양보 같지만, 정작 내가 승리하기 위한 경기 전략이다.

절묘한 골인엔 절묘한 패스가 대부분이다.

그게 사회라는 축구 경기다.

사회에서 인정받고 싶다면, 축구 선수가 돼라.

혼자만 튀려 하지 말고 모두 패스를 받고 싶은

모두 패스해 주고픈 선수가 돼라.

그래야 고득점 선수가 된다.

혼자만 공을 독식하지 마라.

사회라는 축구 경기에서 지고 싶지 않다면.

자, 이제 골대 앞이다.

골키퍼의 움직임을 빠르게 살펴라.

골을 잡은 선수가 나면 좋으나, 동료라도 아쉬워 마라.

누가 넣든, 골을 넣는 순간, 관객은 똑같이 열광한다.

되었다. 힘껏 걷어차는 일만 남았다.

걱정 마라. 동료가 넣었다면, 다음엔 내 차례다.

슛! 골인이다!

편지와 답장 쓰기

내가 가끔 누군지 모르겠거든

내가 어디로 가야 할지 헷갈리거든

내가 왜 이리 방황하는지 답답하거든

내가 왜 이토록 슬퍼하는지 알 길이 없거든

무조건 펜을 잡아라. 그리고….

편지를 써라.

소설가처럼 잘 쓰지 않아도 된다.

한 줄에 한 번쯤, 아니 두세 번쯤 맞춤법이 틀려도 괜찮다.

초등학생 글씨체여도 무관하며 알아보게 쓰면 된다.

아, 다른 사람은 못 알아봐도 된다.

나만 알아보면 된다. 이유는….

보내는 이도 나, 받는 이도 나라서다.

내가 나에게 편지를 쓰는 거다.

우체국까지 가서 직접 보낼 생각으로 써라.

써놓고 안 보내면 낙서지만

우체국에 가서 우표까지 붙여 보내면 진짜 편지가 된다.

편지를 쓸 때 설레는 마음으로 써라.

받을 사람이 얼마나 좋아할지 생각하면 이미 설렌다.

잘 지내는지 안부도 당연히 물어라.

안부는 보다 구체적으로 묻는 게 좋다.

지금 돈이 얼마나 필요하냐고 물어라.

아마 편지를 받을 사람이 돈 때문에 꽤나 힘들지도 모른다.

연인이나 주변 사람들로 골치 아프냐고 물어라.

잠 못 이루는 날이 왜 그리 많으냐고 물어라.

왜 가끔씩 펑펑 우는 거냐고 물어라.

그것 말고 또 있느냐, 무엇이 그리 힘든 거냐고 물어라.

이제 우체국에 가면 된다.

보내는 이의 주소가 같아 무안하다면

친구의 주소만 잠깐 빌려라.

어차피 받는 이가 나라서 우리 집으로 온다.
등기로 보내도 좋다. 확실하게 배달이 될 테니.

딩동! 초인종이 울린다.
편지가 왔나 보다, 어서 나가 집배원에게 받으면 된다.
그럼 그렇지, 편지는 쓸 때보다 받을 때 훨씬 떨린다.
그래서인지, 생각보다 많이 떨린다.
조심스럽게 편지봉투를 뜯어라.
편지지를 펼치며 미소를 지어도 좋다.

한 자 한 자 소리 내어 읽어도 좋다.
어떤 마음으로 쓴 건지, 읽을 때 몇 배로 깨닫는다.
펑펑 울면서 읽어도 괜찮다.
이해한다, 이해한다. 이해한다, 아마도….
편지 보낸 이의 마음을, 세상에서 가장 잘 아는 탓일 테지
아니, 표현이 잘 못되었다. 세상에서 가장 잘 아는 덕일 테지.
그러니 실컷 울어라. 꺽꺽 울어도, 펑펑 울어도
누구도 뭐라 하지 않으니 걱정 말고 울어라.

이제 답장을 쓸 순서다.

내가 왜 슬퍼했는지, 왜 힘에 겨워하는지,
왜 밤새 잠 못 이뤘던 건지, 가슴이 아플 만큼 솔직히 써라.
콕콕 쑤시게 아파도 쓰고, 못 견디게 힘들어도 써라.
기억나는 건 다 써라. 무조건 다 써라.
한 자도 거짓말을 보태지 마라.
한 자도 아닌 척하지 마라.
만약, 돈이 필요하다면, 얼마가, 왜 필요한지, 십 원까지 다 써라.
그래야 안 아프다. 그래야 덜 슬프다.
운이 좋으면 쓰는 중에도 안 아프다.
확신하는데, 솔직한 답장을 보면 받는 이가 좋아할 테다.
답장받을 이가 기대하는 부분이다.

가득 채워도 좋고 생각나는 것만 써도 좋다.
아, 역시 맞춤법이 왕창 틀려도 좋다.
모르긴 해도, 답장받는 이는 아주 잘 알아볼 터다.

다시 우체국에 가라.

친구의 주소를 한 번 더 빌려도 좋다.

받는 이의 주소엔, 편지를 보냈던 이의 주소를 써라.

그가 얼마나 좋아할지 상상하라. 미소를 지을 것이다.

답장 역시 등기로 보내도 좋다.

딩동! 초인종이 울린다.

아, 답장이 왔나 보다.

괜찮다. 이제 울지 않을 자신이 생긴다!

좋다. 이제 아프지 않을 자신이 생긴다!

답장을 뜯어본다.

편지를 보낼 때와 분명 달라져 있다.

우울해 하던 표정도 슬퍼하던 표정도 많이 사라져있다.

오늘 내가 누군지 모르겠거든,

내가 어떻게 해야 하는지 헷갈리거든

나에게 편지를 써라.

쓰레기 좀 마구 버려라

그러지 말아야지 하면서도 자꾸만 욱한다.
그러지 말아야지 하면서도 자꾸만 화를 부린다.

다시는 흉보지 말자, 하고도 자꾸 뒤에서 속살댄다.
다시는 깔보지 말자, 하고도 자꾸 업신여긴다.

절대로 잔꾀 안 부린다고 다짐하고도 하루뿐이다.
절대로 마냥 안 놀 거라고 다짐하고도 일은 안 한다.

이제는 웃는다고 약속하고도 매일 찡그린다.
이제는 지킨다고 약속하고도 매일 지각이다.

다시는, 절대로, 이제는 하며 붙은 약속이며 다짐이 너무 많다.
몸 곳곳에 붙여 놓고서 영 떼어낼 생각을 못 한다.

어쩌다 떼어내고도 어느 순간 다시 붙여 놓고 산다.
몸에 붙어 있으니 내 몸처럼 시늉한다.
욱하는 성질이며 한껏 남을 흉보는 습관 하며
게으름에 잔꾀만 부리는 하루를, 반성은 고사하고
그러려니 하며 또 편히 보낸다.

다 버려도 좋은 것뿐인데 왜 매일매일 챙기는가.
세상 챙길 게 얼마나 많은데 나쁜 것만 쟁여두는가.
쓰레기가 가득하니 머리가 무거울밖에.

하나씩 버려라. 제발 버려라.
남 줘도 안 갖는 나쁜 습관의 쓰레기들이다.
재활용할 가치가 없으니 그냥 버려라.
할 수 있으면 한 번에 다 버려라.
죽어도 힘이 들면, 나눠서라도 제발 버려라.
쓰레기차도 필요 없고 쓰레기봉투도 필요 없을뿐더러
분리수거도 필요 없으니 세상 편하다.
제아무리 버려도, 벌금도 안 나온다.

쟁이고 또 쟁이니 머리는 더 무거워질밖에.
찡그린 표정이라 주름도 이내 는다.
쓰레기가 준 고약한 선물이라지.

몸에 밴, 입에 밴, 머릿속에 가득 들어찬
온갖 쓰레기 좀 제발 버려라.

좋은 생각, 좋은 말이 들어갈 틈이 없는 머릿속이
부끄러운 줄도 모르고 쓰레기는 더 늘어만 간다.

온갖 쓰레기가 가득하니 웃음이 들어갈 틈이 있나.
오늘 당장 쓰레기 좀 갖다 버려라. 마구 버려라.
사방에 그냥 던져 버려라.
쓰레기를 버리면 버릴수록 사람들은 달라붙을 거다.
그러니 제발, 쓰레기 좀 마구 버려라.

우는 게 정상이다

드라마를 보며 우는 걸, 늙었다 한다.
신파에 콧물 훌쩍거리니, 나이 먹었다 한다.
전국 노래자랑 초대가수에 박수 치니, 노인네라 한다.

이상하지, 삼십 대 때는 안 나던 눈물인데
사십 대까지도 그럭저럭 참아냈는데
오십을 지나 육십을 넘어가니 참는 게 고역이다.
그저 울고 싶은데, 보는 눈이 많아 감추기 바쁘다.

감추지 마라.
나이 먹어 흘리는 눈물은, 삶이 훌륭해서다.
촌스러운 행위가 아니다.

십 대 때, 생각 없이 부모 속 썩이느라 흘릴 새도 없던

속죄의 눈물이다.

이십 대 때, 연애만 하느라 한눈팔려 흘릴 틈도 없던

후회의 눈물이다.

삼십 대 때, 허세에 절어 사느라 흘릴 때가 없던

반성의 눈물이다.

사십 대 때 이삼십 대 못한 걸 채우느라

흘릴 여유가 없던 고통의 눈물이다.

그로 내가 만들어졌고 완성되었다.

속죄와 후회 그리고 반성과 고통으로 삶이 섞여 있지만

그래도 잘 버텨냈다고 칭찬하는 축복의 표시다.

늙어 촌스러워진 게 아니다.

나이 먹어 초라해진 게 아니다.

차곡차곡 쌓이고 쌓인 삶이, 잠시 쉬는 동안

충분히 잘 살았다고 위로 중인 거다.

오십에 드라마를 보며 우는 게 정상이다.

살아온 삶이 드라마 같아서, 내 삶과 똑같아서

공감해서 우는 거다.

육십, 누군가의 한마디에 훌쩍이니, 극히 정상이다.
파릇한 청춘엔 충고하는 줄로만 알았는데, 이제 들어보니
나를 위로하는 말이었음을 깨달아 우는 거다.

이십 대여 삼십 대여, 왜 우냐고 묻지 마라.
늙으니, 별일 아닌데 촌스럽게 운다고 판단치 마라.
마냥 늙어 그런 거라고 감히 짐작하지 마라.
정상이라 우는 거니 얕잡아 보지 마라.
정상이라 훌쩍이는 거니 흉보지 마라.
너도 때가 되면 반드시 울게 되어 있단다.

늙어가는 게 아니라 익어가는 거라는 어느 유행가처럼
온전히 익어 제대로 웃는 거란다.
우는 게 아니라 환히 웃는 거란다.
어려선, 젊어선 모르는 삶의 여유란다.

누가 볼까, 숨지 마라.

주름에 고이는 눈물은, 잘 살았다는 표시이며

삶이 나쁘지 않았다는 증표다.

그대의 삶은 결코 헛되지 않았다.

오늘도 뜨거운 눈물이 증명하고 있지 않은가!

괜찮다고 하지 마라

"어디 아파?"

"안색이 안 좋은데, 무슨 일 있어?"

"나한테 말해봐."

이렇게 물어오면, 주로 세 가지 유형으로 답한다.

"괜찮아"

"몰라도 돼."

"그게, 사실은…."

안 괜찮으면서 괜찮다는 거짓말형

답하기 싫다는 상대 무시형

사실대로 말하는 고백형

이중 가장 좋은 방법은 어떤 걸까?

상황 따라 다르지만, 마지막 방법이 제일 좋다.

나의 말투에, 나의 안색에, 고민을 눈치채고 물은 거다.
혹 위로가 될 수 있을까, 해결책을 알지 않을까.
손을 내밀고 잡아 보라고 권고한 거다.

거짓말은 어느 경우도 안 좋다.
괜찮지 않을 땐, 괜찮다고 안 하는 게 답이다.
그렇게 말하고 나면 상대는 다시 묻지 않을 테고
이후 입을 열기가 배로 어려워진다.
몰라도 된다는 답은 그야말로 치명적이다.
이후 상대가 내밀어 줄 손까지 미리 거절한 셈이다.

내 표정에 걱정으로 물어왔다면,
자신의 시간을 쪼개보겠다는 의미이며
쪼갠 시간을 내게 주더라도 아깝지 않다는 표시다.

고민을 들어주는 사람이 있다는 건 축복이다.
문제가 해결되고 안 되고는 나중 문제다.
또 미처 생각지 못한 해결책을 상대가 알 수도 있다.

같은 직장이나 학교, 같은 모임에 속해있다면
비슷한 고민을 겪고 있을 확률이 높다.
같은 고민을 해결한 경험자일 수도 있다.
생각보다 혼자만의 고민이 아니었음에 안도할 수 있다.
해결책을 가까이 두고 어리석게 고민한 경우도 많다.

괜찮지 않을 때, 괜찮은 거냐고 묻거든
무작정 괜찮다고 하지 마라.
"아니. 안 괜찮아!"
"나를 좀 도와줘."
도와달라는 건, 창피한 게 아니다.

기다리지 마라

아무리 기다려도 연락하지 않는 사람이 있다.
이때만큼은 연락하겠지 싶은데도 전화 한 번
문자 한 통이 없어 속상하기만 하다.

통화 내역을 보면, 내가 보낸 건 열 번인데
상대가 보낸 건 한두 번뿐이다.
게다가 대부분 보낸 쪽이 내 쪽이고
상대는 거의 답만 했을 뿐이다.

또 전화를 해봐야 하나, 문자를 보내봐야 하나?
휴대폰을 들었다 놨다 한다.
이 지경이면 상대의 연락을 절대 기다리지 마라.
세상 어리석은 짓이다.
내 시간만, 몇 배로 허비시킨다.

뭐든, 일찍 포기하는 건 안 좋지만
연락 없는 사람은 포기하는 게 이롭다.
뭐든, 서두르는 걸 추천 안 하지만
연락 없는 사람은 서둘러 끊어도 생각보다 손해가 없다.

그래도 왜 그런지 궁금한가.
이유는 너무 간단해서 웃음도 안 나온다.
상대는 그냥 내게 관심이 없는 거다.
좋은 일에도 나와는 함께 웃을 이유가 없고
슬픔을 나눌 마음이 전혀 없으며
함께 밥을 먹거나 대화를 나눌 생각이 전혀 없다.
뭐든 나와 함께할 생각이 없는 거다.

세상 모든 사람이 나와 함께 하면
모두 좋아할 거라는 생각을 버려라.
내가 연락을 좀체 안 하는 사람이 있듯
상대에게 나 역시 그런 존재일 뿐이다.
나도 그런 존재가 얼마든지 될 수 있다.

서글퍼 할 이유가 전혀 없다.

그럼에도 불구하고
상대에게 연락이 오기를 간절히 소망한다면
먼저 연락이 올 상황을 만들어라.
상대가 나와 함께 웃고 싶은 상황
나와 함께 밥을 먹고 수다를 떨고 싶은 상황 말이다.
상대가 좋아할 만한, 관심 가질만한 것들을
간접적으로 전해보는 방법이 좋다.

그럼에도 불구하고
상대가 연락이 없다면, 관심은 거기까지다.
불필요한 기다림으로 시간을 허비하지 마라.

연락이 없거나, 연락해도 반가워하지 않는 사람은
내게 관심이 별로 없거나 아예 없는 사람이다.
서운해할 사이가 애초 아니었던 거다.
애써 기다리지 마라.

풍선 그만 불어라

바람을 많이 넣을수록 풍선은 부풀어 오른다.
한참 부풀어 오르면 사람들은 귀를 막고 찡그린다.
'뻥' 소리를 내며 터질까 하는 순간엔 잘 안 터지고
희한하게 귀에서 손을 떼는 순간 터져 버린다.

부풀리기 좋아하는 사람은, 뭐든 부풀린다.
무엇도 줄이는 법이 없다.
마치 풍선을 불 듯 뭐든 일단 부풀리고 본다.
하나를 보면, 열 개를 봤다고 부풀리고
스치며 본 것도 죄다 만져 봤다고 부풀린다.
모르는 사람이 없고 못 하는 일이 없다.
하지만, 한 번엔 속아도 두 번엔 의심하며
세 번엔 들통이 나고 네 번째엔 비웃는다.
'너 그거 뻥이지?'

제발, 풍선 좀 그만 불어라.

하나도 안 부풀린 풍선은 한참 두었다가 또 불 수 있다.

하지만 크게 불어 묶어둔 풍선은 터지기 십상이다.

심지어 살짝 부풀린 풍선도 생각보다 쉽게 터진다.

'뻥' 소리를 내며

부풀리는 사람을 그래서 '뻥쟁이'라고 하는 거다.

'뻥쟁이'들은 안 부풀리고는 못 산다.

부풀리는 맛에 살지만, 터지는 순간 모두 들통난다.

보지 않고 본 척하지 마라.

듣지 않고 들은 척하지 마라.

본 적이 없다고 한들 흉보는 사람은 없다.

못 들어봤다 한들 욕하는 사람은 없다.

세상 어느 누구도 안 본 게 더 많고 못 들은 일이 훨씬 많다.

부풀려 나를 포장하지 마라.

크게 부풀릴수록 '뻥' 터지는 소리도 커진다.

터진 풍선은 꿰맬 수도 없고 붙일 수도 없다.

제아무리 잘 붙여도 곳곳으로 바람이 새어나간다.

허풍이 도를 넘는 순간, 신용은 터진 풍선이 된다.

지나치게 자신을 줄이는 것도 안 좋지만

한없이 부풀리는 건, 천 배 더 안 좋다.

그러니 제발, 풍선 그만 불어라.

그러다 또 '뻥!' 터진다.

유명해지려면 꼭 해야 하는 일

사람들은 유명한 사람을 좋아한다.

유명한 사람에게 열광하고 그들의 삶을 동경한다.

선망의 대상은 대부분 유명인들이다.

유명인의 환경과 인기를 부러워하고

자신도 유명인이 되기를 소망한다.

유명하면 흔히 '잘난 사람'이라 여긴다.

맞다. 잘 났으니 유명해졌을 확률이 높다.

그렇다면, 안 유명한 사람들은 모두 못났을까.

못났으니 안 유명한 걸까.

절대 그렇지 않다.

유명하다고 유능한 게 아니며

안 유명하니 유능치 않은 건 더욱 아니다.

한데, 사람들은 유능함보다 유명함을 선호한다.
실은 대단한 재주가 없는데도 유명하니 기용하고
뛰어난 실력자라도 안 유명하면 후발자로 둔다.

정치인을 보면 쉽다.
유명하면 국회의원 후보가 되기 쉽지만
유명하지 않으면 후보가 되어도 당선되기 어렵다.
하지만 유명인이 국회의원이 되어
온전히 임무를 다하지 못하는 걸 우리는 수없이 경험했다.
유명인이 유능한 것도 성실한 것도 아니라는 증표다.

무명가수도 실력 있는 음악인이 넘친다.
무명이라 서러운 거지 노래를 못해 서러운 게 아니다.
유능하지만, 유명하지 않아 실력을 보여줄 기회가 없을 뿐이다.
실상 유명 가수라고 해서 노래를 더 잘 부르는 것도 아니다.

유명과 유능은 같은 노선이 아니다.
유명은 기회나 운으로도 되지만, 유능은 실력만으로 된다.

유능은 어떤 기회나 운으로는 만들 수가 없다.

유명인에 대한 무조건 신뢰는 좋지 않다.
어떤 일을 준비 중이라면, 유명한 사람보다 유능한 사람을 찾
아라.
그래야 능률이 생기고 후회도 없다.

유명한 사람이 되고 싶은가.
무작정 유명해지려고 서두르지 마라.
보다 더 중요한 건, 앞서야 하는 건, 유능한 사람이 되는 것이다.
유능한 채 유명해지면 앞날은 탄탄대로가 된다.
유능치 않은 채, 어떤 기회로 유명해지기만 한다면
의외의 고충에 시달릴 수 있다.
꼭 그런 건 아니지만, 유명해졌는데도 행복하지 않은 사람은
유능하지 않은 채 유명해진 경우가 많다.

제대로 인정받고 싶다면, 유명해지는 방법보다
유능해지는 방법을 먼저 연구하라.

시나리오를 써라

영화를 만들기 위해서는 반드시 시나리오가 필요하다.

좋은 드라마를 만들기 위해서도 좋은 대본은 필수다.

봉준호 감독이 세계적인 각광을 받은 건

훌륭한 대본을 쓸 수 있어서이고

김은숙 작가의 드라마가 시청자를 사로잡는 것 역시

멋진 대본을 쓸 능력이 있어서다.

좋은 영화는 좋은 시나리오에서 시작한다.

좋은 드라마는 대본만 봐도 배우들이 알아본단다.

최고의 스타 배우들이 대본을 보고 작품을 결정하는 이유다.

재미없는 대본에 출연하고 싶은 배우는 없다.

좋은 시나리오의 영화에 출연해야 흥행도 하고

높아진 인기에 돈도 많이 번다.

그래서 작가들은 온 에너지를 쏟아 시나리오를 쓴다.

아무것도 없는 백지 위에 시나리오를 쓰는 순간
영화가 만들어지기 시작하는 거다.
좋은 시나리오에서 나쁜 시나리오는 나올 수 있지만
나쁜 시나리오에서 좋은 영화는 절대 나오지 않는다.
할리우드의 유명 감독이 한 말이다.
좋은 설계도에서 좋은 집이 만들어지는 것과 마찬가지다.
설계도가 나쁘니 나쁜 집이 만들어질밖에.

인생에도 시나리오가 필요하다.
역시 잘 써야 잘 만들어진다.
주연배우는 바로 나다.
나쁜 시나리오에선 좋은 인생이 나올 수가 없다.
엉성하게 계획하고 엉성하게 쓰면, 엉성한 연기만 나온다.
좋은 연기를 하려면 좋은 대본이 필요하다.
치밀하고 정확한, 그야말로 완성도 높은 시나리오를 써야 한다.
그래야 나의 연기가, 인생이 재미있어진다.

인생 시나리오는 최소 일 년에 한 번씩 꺼내보자.

내가 주연배우로써 정말 연기를 잘하고 있는 건지 확인해 보자.

혹 재미가 없으면 다시 수정하라.

좋은 배우라면 관객이 칭송하느라 침이 마를 테지.

연기가 어색하고 엉망이면, 관객이 외면할 테지

저게 무슨 배우냐며, 저게 무슨 인생이냐며

손가락질받을 테지.

저렇게 살 거면 왜 사느냐고 나무랄 테지

엔지가 났다며 감독이 소리쳐도 못 알아들을 테지.

엉망인 연기에 관객들은 당연히 외면할 테고

관객 동원에 실패한 영화로 영원히 기록될 테지

인생이라는 영화에서 주연으로 각광받고 싶은가.

그렇다면 우선 좋은 인생 시나리오를 써라.

훌륭한 시나리오라야 좋은 영화가, 좋은 인생이 만들어진다.

대충 써놓고 잘 썼다고 자화자찬하지 마라.

영화는 관객이 평가하는 거다.

인생이라는 나의 영화는 타인이 평가할 자격이 있다.

멋지게 연기하라. 당신은 인생이라는 영화 속 주연배우다.

내 인생의 영화가 감동이라면, 기립박수가 터질 테지.
당신의 영화는, 당신의 인생은 최고라며 극찬이 이어질 것이다.

다음 인생 영화제의 주연상은 바로 당신이다!

5장

모자 좀 씌워주세요

뚜껑 열리는 것까지는 좋다 이거야.

맞아. 내 뚜껑이 열려야만 내 역할이 시작되는 거니까.

그래 그걸 뭐라고는 안 해.

그런데 말이지. 하나 모르는 게 있어.

뚜껑 열리게 했으면, 닫아주는 매너도 발휘하란 말이다.

난 뚜껑을 반드시 닫아줘야 한단 말이다.

무슨 말인지 모르겠느냐고?!

또 재웅 아저씨를 불러야겠어?

그럼 약속해.

그래 왜 뚜껑을 닫아야 하는지 물어봐.

또 뚜껑 열기만 하고 닫지 않으면

진짜. 뚜껑 열린다!

병을 버리는 방법!

열 명에게 병을 어떻게 버리느냐고 물으면

열에 열 명이 뚜껑을 열어둔 채 버린다고 한다.

병뚜껑을 빼버려야 한다고 판단한다.

그래야 이후 수월하다 여긴다.

정말 그럴까?

아니다. 병은 최대한 뚜껑을 닫아서 버려야 한다.

아니 무조건 닫아서 버려야 한다.

그래야 상하지 않고 재사용도 용이하다.

가장 상처를 많이 입는 곳이 뚜껑 부위인데

깨진 병은 죄다 뚜껑이 없다.

애초 닫혀있으면 안 깨졌을 확률이 높다.

닫힌 병을 서로 부딪쳐 보자.

맹렬하게 치지 않는 한, 깨지지 않는다.

이번엔 뚜껑 열린 병 두 개의 머리를 쳐보라.

작은 힘에도 퍽 깨질 것이다.

재사용 가능에서, 재사용 불가해진 거다.

뚜껑을 닫아야 하는 이유가 또 있다.

닫힌 뚜껑을 굳이 열고 쓰레기를 넣기는 귀찮다.

뚜껑이 없으면 온갖 쓰레기가 채워진다.

제발 뚜껑 좀 닫아라.

뚜껑은 안 닫아도 대신 씻어 버린다는 사람도 있다.

나름 환경을 위한다고 하는 일인데

진짜 뚜껑 열리게 만드는 소리다.

한 마디로 의미 없다.

차라리 그 시간에 뚜껑을 닫아라.

잘 못 알려진 게 많다.

미디어에선 '빈 병'을 잘 안 알려준다.

엄청난 돈을 받고 실컷 마시라며 연일 광고하지만

어떻게 버리라는 말은 없다.

재사용의 기회를 잃는 병이 많은 이유다.

'빈 병은 닫힌 뚜껑과 함께'

공익광고 좀 내보내면 좋겠다.

그래야 환경도 지키고 재사용 병도 늘어난다.

선후가 바뀌었다

돈을 많이 버는 사람과 못 버는 사람 중

돈을 더 많이 갖고 있는 사람은?

단순한 계산엔, 당연히 많이 버는 사람이다!

한데, 많이 버는 데도 매번 돈 없다고 투덜대는 사람이 있고

적게 버는 데도 통장에 잔고가 쌓이는 이가 있다.

이유가 뭘까?

한 달 5백만 원을 벌더라도 4백만 원을 써버리면

1백만 원만 남으니 1백만 원만 저축할 수 있다.

하지만 한 달 3백5십만 원을 벌더라도

2백만 원만 쓰면, 1백5십만 원을 저축할 수 있다.

쉬운듯한데 안 되는 이유가 뭘까?

왜 5백만 원을 버는 사람이 2백만 원을 저축 못 하는 걸까?

이유는 쓰는 방식, 쓰는 습관이 달라서다.

덜 버니 덜 써서 그럴 거라고?

맞는 말이기도 하고 틀리는 말이기도 하다.

대부분의 사람들은, 일단 쓰고 본다.

나름대로 아낀다고 하지만, 실상 쓰면서 아낀다.

그래서 돈이 안 모인다. 반문이 있을 테다.

누군들 쓰면서 아끼지, 어쩌라는 말인가.

돈은 쓰면서 아끼면 안 된다. 생각보다 꽤 어렵다.

쓰면서 아껴보겠다니, 불가능에 가깝다.

계산하면서 좀 덜 사야, 덜 먹어야 하는데….

자주 생각했고, 제법 덜 사보려고도 한다.

한데, 저축액은 지난달과 같거나 외려 적다. 왜일까?

쓰면서 아끼겠다는 습관 때문이다.

선 생활, 후 저축 탓이다.

5백만 원을 버는 사람은, 일단 쓰고 남은 돈을 저축하고

3백5십만 원을 버는 사람은, 일단 1백5십만 원을 저축하고

남은 돈으로 생활하는 거다.

선후가 바뀌면 어마어마한 차이가 난다.

일단 저축을 하고 나면 남는 돈으로 못 살 것 같지만

어떻게라도 살게 되어 있다.

일단 쓰고 난 다음, 남는 돈을 저축하면

전과 같은 상황이 반복되어 저축액이 같거나 적어진다.

쓰면서 절약한다니, 애초 웃기는 계획이다.

한쪽에서 아꼈을지 모르나, 다른 곳에서 결국 더 쓰게 된다.

쓸 돈이 없어야 안 쓴다.

쉽다. 쓸 돈을 없애면 그만이다.

돈을 모으고 싶다면, 일단 뚝 떼어내 저축부터 하라.

그리고 남은 돈으로 살아라.

평소 쓰고 남았던 돈을 저축하던 때보다, 액수를 더 높여라.

절대 못 살 것 같지만, 충분히 살 수 있다.

내내 얼마나 낭비하며 살았는지 바로 파악된다.

안 사도 되는 식품이 냉장고에 가득할 것이고
안 입어도 그만인 옷들이 장롱에 가득할 것이다.
저축할 돈이 부족했던 건, 먼저 써서 그렇다.

최대한 빨리, 선후를 바꿔라.
장담하건대, 분명 큰 후회를 할 것이다.
빨리했더라면 진즉 큰돈을 모았을 텐데, 하고 말이다!

빌딩 지을 사람 손 들어!

세계에서 제일 긴 다리
세계에서 제일 높은 빌딩
입이 떡 벌어지는 구조물과 건물이 많다.
하늘을 찌를 듯 치솟은 빌딩이 없는 나라가 없다.

신이 세상을 창조했는지 아닌지 알 수 없지만
인간도 만만치 않은 기술자다.
어떻게 저리 높은 빌딩과 다리를 만들 수 있을까.
보기만 해도 신기한데, 희한한 건
모두 사람이 만들었다는 사실이다.

신이 있다면, 괜히 세상을 창조했나, 할지 모르겠다.
인간을 처음 만들었다면, 나머지는 알아서 만들었을 테니
어쩌면 큰 후회를 했으리라.

한 사람의 힘은 약하다.

그런데 그 힘이 모이면 빌딩도 짓고 다리도 놓는다.

비행기도 만들고 잠수함도 만든다.

로켓을 만들어 달에 보내고

빠른 기차를 만들어 서울, 부산도 두 시간이면 간다.

힘이 합쳐진 결과다.

혼자서는 죽을 때까지 배 한 척, 기차 한 대를 못 만든다.

홀로 빌딩 지어보려다 세월 다 보낼 테다.

합쳐진 인간의 힘은 놀랍고 위대하다.

내가 이 상황에서 뭘 하나 싶을 때가 있다.

이렇게 힘없는 사람이었나, 절망할 때도 많다.

삶이 만만치 않을 땐, 삶이 고달파 힘들 땐

주저하지 말고 힘을 빌려라. 그리고 합쳐라!

죽어도 혼자 해결하려고 하지 말고

힘을 합치는 방법을 연구하라.

누군가 하지 못하는 일에 자신이 있다면

주저 말고 내가 해보겠다고 손을 들어라.
내가 못하는 일을 누군가 해내고 있다면
겁내지 말고 사인을 보내라.

혼자만 이루고 혼자만 누리려는 욕심을 내려놔라.
둘이 함께하면, 혼자 세 번 하는 것보다 더 효과가 크다.
힘을 합하면 절대 불가할 것 같던 일이 이뤄진다.

나는 약하지 않았음을 깨닫는다.
힘을 빌리는 것 같지만, 나도 빌려줬기에 이룬 성과다.
상대도 분명 고마워할 것이다.
걱정 마라. 함께 할 가족이 있고 친구도 있다.
힘들 땐, 위로와 위안의 힘을 빌려라.
괜찮다. 촌스러운 것도 나쁜 것도 아니다.
은행 대출보다 빌리기 수월한데 자존심 때문에 멀리한다.

걱정 말고 힘을 합쳐라.
쓰러질 줄 알았는데, 모인 힘이 나를 일으킨다.

다시는 못 할 줄 알았는데,
상상을 뛰어넘는 에너지가 형성된다.

둘이 합하면 수월해지고 셋이 합하면 넉넉해진다.
다섯이 합하면 무려 열 배로 잘 된다.
인간은 과학의 논리로는 성립 불가한 능력을 갖고 있다.
독불장군 하려 말고, 도저히 안 될 땐, 힘을 빌려라.
그리고 힘을 합쳐라!

그 누구도 혼자서 빌딩을 지을 수는 없다!

모르는 게 정상

"젊은것들이 뭘 알아?"

"어려서 아는 게 없다니까?"

"새파랗게 젊은것들이 세상을 알기나 해?"

맞다. 제법 일리 있는 말이다.

하지만 백 프로 맞는다고도 할 수 없다.

청춘은 왜 모르는 것일까?

공부라도 해서 어른들과 맞춰 가면 뭐가 어때서,

한데, 알고 있는가.

모르는 게 정상이라는 사실을

파릇한 청춘이 한 번도 경험치 못한

중년과 노년의 세상을 안다는 게 어떻게 가능하냔 말이다.

당연한 건데 왜 야단을 치느냐 말이다.

아직 쉰 살이 되어보지 않아 그런걸.
환갑이 되려면 살아온 날보다도 살아야 할 날이
더 남아 그런 걸, 왜 아무것도 모른다고 야단치는가.
오십의 나이에 칠팔십 대의 세상을 알 수 있는가.
그 역시 알 수 없기는 마찬가지다.

청춘을 빼앗긴 게 억울하면 세월에 야단을 쳐라.
모를 수밖에 없는 청춘을 가르치려고만 하지 말고.

젊음에게 배려해 보자. 얼마나 멋있어 보이겠는가.
청춘에 대한 생각을 바꾸자.
괘씸에서 공감으로 판단이 바뀐다.
'모르는 게 정상이다'

노년은 이십 대도 살았고 삼십 대도 살아봤다.
사십 대의 고뇌를 알고 오십 대의 눈물과
육십 대의 외로움도 경험했다.
허나, 알고 있는가.

누군가는 오륙십 대도 부러워한다는 사실을 말이다.
팔순이 넘으면 오륙십 대도 한껏 부러운 청춘이라 한다.

살아가는 일은, 모든 게 처음이다.
어떤 것도 경험치 못하고 맞이하는 게 삶이다.
나는 경험해 보았으니, 다 아는 듯 소리치지 말자.
그 누구도 오늘을 알지 못했고
그 누구도 내일을 알 수가 없다.
그건 청춘도 중년도 노년도 마찬가지다.
내일은 똑같이 맞이하니 야단칠 명분이 없다.

그들은 청춘조차 처음 마주한 세계다.
어떻게 실수가 없으랴. 완벽하다면 이미 청춘이 아니다.
기억해 보라. 나도 한참 청춘에 온갖 실수가 있었으리라.

청춘은 중년의 마음을, 중년은 노년의 마음을
노년은 청춘의 행동을 이해 못 하는 게 당연하다.
누군가는 지나온 길이나 그들은 무경험 속이다.

모르는 게 정상, 아는 게 비정상이다.

청춘의 실수가 못마땅하거든, 아량으로 베풀어 보라.
'그럼 모르는 게 정상이지.'
'우리 젊을 때와는 세상이 달라졌으니, 우리도 모르는 게 많을
테지.'
맞다. 서로 모르는 게 정상이다. 잘 못 된 게 아니다.

청춘을 이겨야 한다고 고집하지 말자.
그럴수록 못 이긴다.
게다가 중년과 노년은 과연 실수 없이 살고 있는가.
장담하건대, 절대 그렇지 않을 테다. 그럴 수가 없다.
중년과 노년에도 여전히 실수투성이의 삶이 이어진다.

괜찮다. 그러니 삶이 얼마나 재미있는가.
다 알고 보는 드라마가 무슨 재미있으랴.
모르고 사니 실수하고, 실수하니 재미있지 않은가.
못마땅해 보이는 청춘들도 그럴 뿐이다.

진짜 청춘을 이기고 싶다면, 청춘을 존중하라.
존중해야 존중받는다. 청춘도 예외가 아니다.

가계부를 써라

지갑 속엔 항상 돈이 없다.

카드를 어디에 이렇게 썼는지 헷갈린다.

투덜대는 사람이 이해 안 된다.

그렇게 어렵다 힘들다 하면서

돈을 어디 썼는지 모른다고?

황당한 모순이다.

돈 없다고 투덜대지 말고

어디에 돈이 새는지부터 살펴라.

내가 얼마를 썼는지 모두 기억하는 천재는 없다.

그러니 가계부를 써라.

그래야 돈이 쌓인다.

일일이 쓰기 어려우면, 좋다! 메모도 방법이다.

콩나물 천 원, 두부 이천 원까지 안 써도 된다.
그렇게 쓰려면 만만찮고 이내 포기한다.
그냥 식재료 얼마, 옷 얼마로 합쳐라.
답이 보인다.

가계부 써서 뭐하냐고 하는데, 무지한 소리다.
쓰고 안 쓰는 차이가 하늘과 땅 만큼이다.

내가 얼마를 썼는지 아는 이와 무턱대고 쓰는 이는
적게는 10%부터 3, 40%까지 차이 난다.
알고 쓰면 그만큼 절약할 수 있다.
백만 원을 쓰다 80만 원으로 줄여지고
이백만 원을 쓰다 150만 원으로 줄여진다.
지독해지면 더 큰 차이가 난다.
꼼꼼할수록 절약도 는다.
지출보다 수입을 늘리는 게 재미있어진다.

신용카드 남발하지 않기

돈을 좇지 않고 돈이 찾아오게 만들기

이루고 싶은 꿈인가.

그렇다면 반드시 가계부를 써라.

하루 오 분이면 충분하다.

전에는 안 보이던, 어디로 갔는지 모르던 돈이

알아서 데굴데굴 굴러온다.

나쁘고 못된 버릇

내 자식이랑 경쟁도 안 했는데
이웃집 자식이 일 등 했다니 웃기 싫다.

주식할 생각도 없는데
후배가 주식으로 돈을 벌었다 하니 듣기 싫다.

장사하는 사람도 아닌데
친구 가게에 손님이 넘치니 짜증 난다.

나는 글은 쓸 줄도, 관심도 전혀 없는데
베스트셀러 작가가 된 친구가 보기 싫다.

좋아하던 음식인데, 억대 연봉 받는 친구가
비싼 저녁 사준다니 나가기 싫다.

그래도 어째, 억지로 웃으며 나갔는데
웬걸, 이제 제일 먹기 싫은 음식이 된다.

집으로 돌아와 거울을 본다.
거울 속의 내가, 거울 밖의 우울한 내게 말한다.
"쯔쯔쯔! 남 잘되는 꼴이 그리 싫냐?"
설마, 하며 돌아서는데 또 잔소리다.
"참 나쁜 버릇이다!"
오늘 또 나 자신한테 졌다.
완벽한 KO 패다!

나보다 훨씬 잘나가던 친구가 쫄딱 망했다.
"야, 넌 다시 일어설 수 있어."
위로를 건네는데, 왠지 짜릿하다.

부장 승진에 실패한 친구가 한잔하자고 불렀다.
"다음엔 되겠지. 넌 능력 있잖아."
아직 대리인 나, 왠지 안심이다.

아파트를 대출 없이 산 후배가 집들이에 초대했다.

"집 진짜 좋다. 우와!"

감탄사를 뱉고 화장실로 들어가 긴 한숨을 뱉는다.

집으로 돌아와 거울을 본다.

거울 속의 내가, 거울 밖의 찡그린 내게 말한다.

"쯔쯔쯔! 남 잘되니 그리 짜증 나냐?"

미친, 하며 눈을 감는데 또 혼을 낸다.

"참 못된 버릇이다!"

내일은 나 자신을 이길 수 있을까?

젠장!

오늘도 KO 패다!

이 나쁘고 못된 버릇

빨리 고칠수록, 덜 속상하고 덜 아프다.

최대한 빨리, 아니 지금 당장 버려라!

'척' 말고 '척척'

통장에 잔고가 하나도 없으면서
가진 척하기 일쑤다.
일 년 내내 책 한 권 안 읽으면서
지식이 많은 척하기 일쑤다.

봉사라고는 한 번도 해본 적 없으면서
베푸는 척하기 일쑤다.
옹졸하기 짝이 없으면서
포용력 넘치는 척하기 일쑤다.

백수가 일자리는 찾지 않으면서
매일 바쁜 척하기 일쑤다.
뒤에서 욕하는 게 습관이면서
앞에선 칭찬하는 척하기 일쑤다.

가족을 돌볼 생각 전혀 안 하면서
가족 때문에 고생하는 척하기 일쑤다.
냉정하기 짝이 없으면서
마음 따듯한 척하기 일쑤다.

청소한 지가 언제인지도 모르면서
깔끔한 척하기 일쑤다.
열에 아홉 마디가 자기 자랑이면서
겸손한 척하기 일쑤다.

하루에도 몇 번씩 신호 위반하면서
매너 운전하는 척하기 일쑤다.

뭐든 척척하면 칭찬받는다.
그래서인지 걸핏하면 '척하기' 일쑤다.
하루를 '척'으로 시작해 '척'으로 끝내기도 한다.

한 번의 '척'엔 속을 테지만

두 번의 '척'에서 신용을 잃고
세 번의 '척'에선 외면당한다.
그런데도 '척하는' 만족에 중독된 지 오래다.
남들은 한숨짓는데 홀로 박수 치는 꼴이다.

뭐든 노력과 성실로 '척척' 해낼 재간이 없다면
제발 '척'이라도 하지 말라.

'가진 척, 아는 척. 친절한 척, 좋은 사람인 척'
헤아릴 수 없이 많은 '척'을 하고 산다.

제발 '척'으로 세월을 허비하지 마라.
아무 보람 없는, 유치한 짓이다.
혼자만의 잘난 척일뿐!
어느 순간, 주변에 사람이 없을 게 뻔하다.

설득 안은 위험해!

대화는 양방향이다.
일방통행이 절대 아니다.
맞은편에도 오고 내 쪽에서도 갈 수 있다.

혼자 하는 건 독백이다.
그런데 사람들은 마주 앉아서도
자꾸만 독백을 즐긴다.
상대는 연극을 보러 온 관객이 아니다.
나의 독백을 즐길 이유가 전혀 없다.

대화라는 건 쌍방향 통행인데
자꾸만 일방통행으로 달린다.
설득의 경우 기승전결이 엉망인 경우가 많다.
한 가지를 반복적으로 주입시키기 때문이다.

일방통행에 신호까지 무시하니, 위험천만할밖에!

왜 사람들은 일방통행의 대화를 즐길까.
이는 설득에 익숙한 탓이다.

사람은 대화를 나눌 때 설득을 중심한다.
상대를 내 편으로 만들려고 설득을 계속 잇는다.

"이건 네가 몰라 그런 거야."
"잘 들어봐. 내 말대로 해야 가능해."
끝없이 자신을 수긍하도록 애쓴다.
한데도 상대가 고개를 안 끄덕이면
다시 끝없는 설득이 이어진다.

설득처럼 위험한 게 없다.

부모가 자식을 사랑한다면
대화를 해야지 설득을 하면 안 된다.

사장이 직원을 아낀다면
대화를 해야지 설득을 하면 곤란하다.
교사가 학생을 가르치는 건
그래도 설득에 포함되는 게 아닐까 싶지만,
가르침과 설득은 엄연한 차이가 있다.
가르치는 건, 객관화된 지식을 전달하는 거지만
설득은 일방적 주장을 주입시키는 행위다.

결국, 설득은 싸움이 되고 싸움은 인간관계를 끊는다.
다툼의 원인은 대부분 질긴 설득 탓이다.
부부가 서로를 이해하지 못하는 이유도
늘 상대를 설득하려고만 해서다.

설득은 가장 위험한 말이다.
설득은 대화의 범주에 속해선 안 된다.

설득은 대화를 가장한 강요다.
상대를 내 의견에 복종케 만들려는 짓이다.

상대를 내 사람으로 만들고 싶다면
설득은 무조건 금지다.

닮으면 안 된다

훌륭한 사람을 보면 닮고 싶다.
착한 사람을 봐도 닮고 싶다.
살다 보면 닮고 싶은 사람이 참 많다.
나쁜 사람도 많지만 좋은 사람도 많다.

한데, 닮아선 안 되는 사람도 있다.
반드시 닮아야 할 사람들인데
절대 닮으면 안 되는 사람들….
사람이 아니라 사람들이라서 열 받는다.
바로 정, 치, 인이다

일단, 정치인은….

상대를 깎아내리기 바쁜 걸 보면

욕하려고 태어났지 싶다.

무작정 약속부터 하고는
지킬 수 있을지 확인도 없다.

제 필요할 땐 찾아오고
국민들 연락엔 나 몰라라 한다.

말은 청산유수라 그럴듯한데
행동은 느려터지거나 아예 안 움직인다.

국민을 위해 일한다면서
국민만 빼고 일한다.

겸손하겠다고 다짐하면서
권위의 도가니에 빠져 산다.

대통령이 내 쪽이면, 죄다 잘한다 하고

반대편이면, 볼 것 없이 죄다 못한다며 화낸다.

지들이 법을 만들어놓고
지들이 제일 안 지킨다.

국민이 돈 벌면 세금 더 내라 하고
지들이 번 돈은 교묘히 빼돌린다.

나만이 자격이 있다더니
지가 제일 자격 미달이다.

국민을 위해 밤새웠다더니
왜 밤을 새웠는지 저만 모른다.

전 재산이 이것뿐이라더니
들통나자, 가족 거라서 몰랐다 발뺌한다.

국민에게 걱정하지 말라고 하더니

지가 제일 걱정 끼친다.

국민을 위한 법이라 발의한다더니
지 혼자만 득 되는 것들뿐이다.

상대가 하면 '지랄'
내가 하면 '모범'이라 박박 우긴다.

이상, 정치인은….
배울 거라곤, 닮을 거라곤 단 한 개도 없다!
그러니 배울 생각도 닮을 생각도 하지 마라.

범위를 넓혀라

지금 마당이나 복도로 나가 보자.
베란다도 괜찮다.
가만히 서서 내 이웃의 범위를 측정하라.

그대는 이웃의 범위를 어디까지 두고 있는가.
'과연 내 이웃의 범위는 어디까지일까?'
바로 옆집은 당연히 이웃 같고
거리가 좀 떨어졌으면 이웃이라 하긴 그렇다.

정말 그럴까?
근거리를 주로 이웃이라 하지만
그런 이유만으로 이웃이라 하기엔
요즘 세상에 뭔가 안 어울린다.

그렇다면 이웃은 얼마큼의 범위일까?

한 복도를 쓰면서도, 옆집에 누가 사는지
아래층엔 누가 살고 위층엔 누가 있는지 당최 모른다.
하지만 벽 하나를 사이 했으니, 이들도 이웃일까?

그들은 이웃이 아니다.
그냥 한 아파트, 한 건물에 사는 사람일 뿐이다.

애석하게도 요즘은 이웃이 없다.
승강기 안에서 마주쳐도 고개 인사도 안 하고 산다.
서로 안 하니 나도 하기는 애매하다.
요즘 말로 뻘쭘하다.
그런데 나라도, 나부터 하면 된다.
사람들은 누군가 하면, 그제야 편히 따라 한다.
내가 먼저 하는 건, 일단 망설인다.
그러니 이웃의 범위가 좁을 수밖에.

왜 나부터면 안 된다고 생각하는가.

먼저 이웃이 되어주면 왜 안 되는가.
승강기에서 마주친 위층 사람에게
"안녕하세요. 아래층 사는 사람입니다."
먼저 인사하면 큰일이라도 날 것처럼 생각하지만
생각보다 반갑게 맞아줄 확률이 높다.
내내 위층 사람도, 제법 그러고 싶었을 게다.
내가 먼저 해줬으니 편히 따라 하는 거다.
혹 아니라면, 한 번 뻘쭘하면 그만이다.

세상이 차가워졌다고 하지만
본디 사람은 더불어 살아야 하는 존재다.

이웃의 범위를 넓혀라.
먼저 인사하고 먼저 악수를 청하라.
이웃의 범위가 넓어진 만큼, 내가 덜 외롭다.

힘들 때 위로해 줄 사람이 늘고
슬플 때 토닥여줄 사람이 생기며
심심할 때 수다를 떨어줄 사람까지 생긴다.

먼저 인사를 건네고 악수를 청하는 건
모두 나를 위한 행보다.
괜찮다. 반갑게 먼저 인사하라.
생각보다 뻘쭘하지 않다.

6장

고맙습니다

새벽, 오늘도 우리를 깨운다.

아침이 오려면 한참인데, 또 부지런이다.

누군가는 내 존재를 평가절하했지만

재웅 아저씨만큼은 높이 샀다.

솔직히, 나와 친구들을 모으면, 돈이니 그럴 테지

부자 되니 그럴 테지 했다.

부자로 떵떵거리고 싶어 그런다고 했다.

오로지 그것만이 목표일 거라고 했다.

해서, 좋으면서도 왠지 내 신세가 서러운 적도 있다.

그런데….

그런데….

고맙다. 그가 한없이 고마워졌다.

'빈 병'이라는 감동

새벽마다 '빈 병'이 고맙다고 말하는 것 같다.

자신들을 얼마나 사랑하는지 잘 안다고

말하는 것 같다.

약속을 지켜 고맙다고 말하는 것 같다.

'빈 병'이 아나보다.

내가 '빈 병'을 보며 다짐했던걸.

그러니 나도 '빈 병'에 고맙다.

일 년에 한두 번씩, 회사에서 공연을 연다.

야외무대를 만들어놓은 게 수년 전이다.

맛난 도시락과 공연을 준비한다.

삼겹살은 기본이라, 언뜻 동네잔치 같다.

올해도 할 계획이고 내년엔 더 멋지게 할 테다.

좋은 음향시설도 갖췄다.

동네 분들을 위한 나의 작은 성의다.

내 마음을 몰랐던 걸까?

처음엔 동네에서 뭐라고들 했다.

장사해 먹으려 별짓 다 한다고, 흉본다고 했다.

일 년 하고 말 거라고도 했다.

하지만 올해 수년째 공연을 잇는다.

처음 '빈 병'의 가치를 발견한 날, 가슴이 벅찼다.

서로 부딪치며 내는 소리가 오묘했다.

글로는 표현 못 하는, 말로는 표현 불가능한 소리

어떤 악기도 부를 수 없는 특별한 음률

'빈 병'은 술과 음료만 담고 있던 게 아니었다.

한껏 술을 내어준 속엔 사랑이 가득했다.

그 속을 보던 순간 코끝이 찡했다.

'빈 병'은 내게 운명이었다.

다 내어주고 다 비어도 멋진 소리가 나는 빈 병

나는 그런 사람이 되고 싶었다.

그렇게 살아야 한다고 생각했다.

'좋은 사람이 되련다.'

'실컷 나누는 사람이 되련다.'

많은 '빈 병'이 부딪칠수록 더 멋진 소리가 났다.

더 많이 내어줄수록, 더 아름다워진다는 걸

깨닫는 순간, 눈물이 펑펑 흘렸다.

삶이 대단한 이유를 그제야 알았다.

사는 동안 사랑을 나눌 기회가 주어졌기 때문이라는 걸.

숨은그림찾기

숨은그림찾기 한 번 안 해본 사람은 없다.
엉성하면 이내 찾지만, 기묘하게 숨겨 놓으면
생각보다 어려울 때도 많다.

"아, 과장님 진짜 짜증 나."
"박 대리는 어떻고?"
"좋은 게 하나도 없다니까?"
"내 말이…."
하지만, 아무리 흉을 봐도 소용없다.
직장에서, 모임에서 반드시 봐야 하는 사이라면!

진짜 꼴 보기 싫은 사람이 있다.
사람이 한 번 싫어지면
그의 과일 씹는 소리도 싫고

웃는 소리마저 짜증이 나는 법이다.

이렇게 사람이 미워질 땐 어떻게 해야 할까?
마냥 미워하자니 마음이 괴롭고
억지로 일하자니 너무 힘들다.
그렇다고 회사를 그만둘 수도 없는 노릇!

결국, 마주하고 일해야 하는데
아, 어쩌란 말인가.

누군가 미워졌다면, 일하기 힘이 든다면
'숨은 그림을 찾아라.'
내내 못 찾던 걸 찾게 된다.
아니, 못 찾은 게 아니라 안 찾았음을 깨닫는다.

상대가 싫어졌으니, 단점만 보일 테지.
죄다 밉고 싫으니, 잘해도 못 한다 여겼을 테지.
정말 그는 다 나쁜 걸까?

자, 숨은그림찾기 놀이를 시작하자.
싫어도 찾고, 이내 안 보여도 찾아라.
뭔가 반드시 나온다.

"아, 맞아. 그도 이런 좋은 점이 있었어."
"다 나쁜 것만은 아니었어."
"이건 나보다 훨씬 좋았는데, 왜 몰랐지?"
나쁜 것만 생각하니, 나쁜 것만 보인 거다.
내내 숨은 그림을 못 찾은 거다.

누구나 장점이 있다.
내가 죽도록 싫어하는 사람도 분명 장점이 있다.

가족도 마찬가지다.
서로의 단점만 보는 가족은 매일 다툰다.
안 싸우는 집은 서로의 장점을 먼저 보는 거다.

상대의 장점을 높이 사라.

싸울 일은 줄고 웃을 일은 는다.

숨은그림찾기를 하다 보면,
숨겼던 나의 단점도 드러난다.
아닌 척, 기묘하게 숨겨둔, 나조차도 몰랐던 단점.

"아, 상대는 내 단점을 몰랐을까?"
혹 내 장점을 먼저 찾았던 걸까?
아, 그는 타인의 장점을 먼저 보았나 보다.
그 또한 그의 장점이니, 나보다 좋은 게 더 많다.

흉하고 헐뜯는 데 시간을 보내지 말고
숨은그림찾기 놀이를 하라.
곳곳 숨겼던 장점이 드러난다.
이제 덜 싫고 덜 미울 것이다!

무게 달기

추 저울은 추를 달아 무게를 잰다.
양쪽에 물건을 올리고 가늠한다.
흔히 저울질이라는 표현이 게서 나왔다.
양쪽이 같으면 저울은 평행이 된다.
아니면, 무거운 쪽으로 추가 기운다.
당연히 가벼운 쪽은 위로 올라간다.

사랑과 미움
만약 사랑과 미움을 추에 놓는다면
어느 쪽의 추가 더 내려갈까?
질문을 던진다면, 대부분의 사람이
'사랑'이라고 답할 것이다.
사랑의 무게가 훨씬 크다고 여길 테니!

하지만, 오답이다.

미움의 무게는 생각보다 훨씬 무겁다.

누군가를 미워하기 시작하면, 잠을 못 이룬다.

어떻게 해서라도 그를 이겨야 하고

무슨 방법으로라도 그를 괴롭혀야만 한다.

물렁하던 마음이 굳어버리니

당연하게도 무게가 올라가고 추는 내려간다.

미워하는 사람이, 미움을 받는 사람보다

훨씬 괴롭고 힘들다.

미워하면 두 다리 뻗고 못 잔다.

미워하는 쪽이 괴로워 죽을 판이 된다.

누군가를 미워한 적이 있는가.

미워하니, 마음이 평온하던가.

미워하니, 웃음이 나던가.

미워하니, 기분이 좋아지던가.

미워하니, 마냥 행복해지던가.

분명, 아니었을 테다.

미워하니 불안하고 불편했으며

미워하니 울분이 치솟고 열이 났을 것이다.

해서 매우 불행했을 것이다.

미움은 마음을 무겁게 만든다.

사랑보다 결코 가벼울 수가 없다.

미워하지 마라.

누군가를 미워하는 것처럼 괴로운 게 없다.

백배 천배 심란해지는 건, 바로 나다.

그게 미움이라는 악성 바이러스다.

미워하면 지고 사랑하면 이긴다.

원수를 사랑하라는 말은,

무작정 포용하라는 의미가 아닐 게다.

미움으로 나를 괴롭히지 말라는 의미일 게다.

지금 누군가를 극도로 미워하는가.

아마 상대는 잠들고, 나는 못 자고 있을 테다.

추가 한쪽으로 기우니, 반듯이 누울 재간이 있나?

그러니 잠이 올 리가 없지.

푹 자고 싶다면, 단잠이 그립다면

누군가를 미워하지 마라.

모르는 게 뭐 어때서

"에이 뭘 물어."

"난 절대 안 물어봐."

"창피하게 무슨."

누군가에게 뭘 묻는걸, 대부분 부끄러운 일로 여긴다.

사람들이 제법 알만한 일인데

나만 모르는 경우라 생각하면 더 그렇다.

하지만, 이 경우 제법 알만하다는 기준은

온전히 내 판단이다.

생각보다 모르는 사람이 아주 많을 수도 있고

예상처럼 제법 알만한 일일지도 모른다.

하지만 분명한 건

그 어느 것도, 세상 모든 사람이 아는 일은 아니라는 거다.

나처럼 누군가는 분명히 모른다는 거다.

뭘 묻는 건 창피한 일이 아니다.

모르니 묻는 거고, 아니 가르쳐 주는 거다.

몰라서 묻는걸, 부끄러워하는 게

진짜 부끄러운 거다.

그것도 모르냐고 핀잔할까, 걱정인가.

그쯤 들어도 별거 아니지만,

가까운 사이가 아니면 그런 핀잔은 쉽지 않다.

모르는 사이라면, 하지 않을 핀잔이니 괜한 염려다.

"제가 잘 몰라 그러는데."

"제가 이 분야는 아는 게 부족해서."

"저에게 가르쳐 주시겠습니까?"

모르면 물어라.

생각보다 사람들은 잘 가르쳐 준다.

안 물어보니, 가르쳐 주려다 멈칫할 때도 많다.

모르는 게 어때서

조금 답답할 뿐, 나쁜 게 아니다.

아는 게 병이라는 말도 있지 않은가.

몰랐으면 관심 없이 넘어갈 일을

괜히 아는 바람에 신경 쓰게 되니 말이다.

길을 못 찾겠거든, 의미를 모르겠거든

해석이 불가능하거든, 답을 모르겠거든

고민치 말고 편히 물어라.

누구도 비웃지 않는다.

'모르는 게 뭐 어때서'

결국, 다 들통난다

거짓말은 결국, 들통난다고들 한다.
제아무리 숨겨도, 끝내 발각되곤 하니까.

그럼 진짜는 들통이 안 난다는 말일까?
뭔가를 죽어라 연습하고
뭔가에 온 에너지를 쏟았는데
아무도 못 알아주면 어쩌나.
그보다 서러운 일은 없다.

하지만, 염려치 않아도 된다.
진짜도 대부분 들통난다.
1등을 목표했지만 결과가 10등이라
못 알아줄 것 같지만, 안 알아줄 것 같지만
경기에서 메달을 또 따지 못했으니

무시당할 것 같지만, 뒤로 밀려날 것 같지만
진짜는 결국, 들통난다.

손님이 열 명뿐이던 가게에
열다섯 명이 왔다면, 스무 명쯤 온다면
그 수가 줄지 않고 한 명씩 늘고 있다면
모르는 새, 열심히 노력한 '진짜'라는 증거다.
더 애써야 하지만, 반은 온 셈이다.

시작이 반이라 했던가.
아니다.
진짜가 들통난 시점부터가, 시작이다.

맛이 없어 돌아가던 손님이
다시 발길을 돌려 가게를 찾는 시점부터
몇 등밖에 안 올랐지만
공부가 즐거워지는 시점부터
진짜가 들통나고 진짜가 시작된 거다.

밤새 날 새우며 요리법을 연구한 진짜
밤새 코피 흘리며 공부한 진짜
밤새 달리며 운동한 진짜.
진짜는, 진짜로 들통난다.

아직 안 알아주는 건
진짜로 하지 않아 그렇다.

양념을 더 바꿔 조리해 보라.
그래도 맛이 안 나면 다른 양념도 써보라.
어제보다 한 번 더 조리해 보라.
열흘 지나면 열 번 더 익숙할 테고
한 달이면 서른 배는 더 능숙할 테다.

어제보다 한 장만 더 공부하라.
오늘보다 내일 한 시간 더 운동하라.
난데없이 성적이 더 오르거나
난데없이 금메달은 못 딸지 모르나

전보다 더 떨어지거나 더 뒤처지지는 않는다.
본디 진짜가 들통나면 그렇다!

돋보기 없이도 진짜는 표난다.
"너 진짜 열심히 했구나?"
"어, 맛있어졌는데?"
"언제 이렇게 실력이 출중해진 거야?"

맞다. 진짜는 거짓보다 더딜지 모른다.
좀 억울할지 모르지만
반드시 들통나고, 대신 꽤 오래간다.

걱정 말고 오늘 더 애써라.
마음이 '진짜'라면, 정성이 '진짜'라면
결국, 다 들통난다.
진짜, 진짜다!

안 맞으니 정상

"이렇게 안 맞는 부부도 없을 거야."
"우린 처음부터 안 맞았어."
"막상 살아보니 맞는 게 하나도 없지 뭐야."

결혼해 살아본 부부들은 백 퍼센트 공감할 거다.
하나부터 열 가지 맞는 게 하나도 없다.
아무리 찾아도 영 공통점이 없다.
왜 결혼했을까, 후회가 엄습한다.

결혼의 단꿈은 사라지고
세상에서 가장 보기 싫은 사람이 남편, 아내가 된다.
꼴도 보기 싫다는 의미를 결혼하고 처음 배운다.

남편이, 아내가 자는 것만 봐도 신경질 난다.

228

이렇게 화나게 하고 잠이 와?

당장 깨워 한 대 때리고 싶기까지 하다.

그런데 알고 있는가.

남편도, 아내도 잠 못 이뤄 꼬박 새웠다는 걸.

나와 똑같이, 괜히 결혼했나 고민했다는 걸.

봐, 왜 공통점이 없어?

서로 안 맞는다고 똑같이 생각하잖아, 엄청난 공통점이지!

아직도 모르는가.

부부는 맞지 않는 게 정상이다.

수십 년을 다른 부모, 다른 형제

다른 생활 속에서 살아온 사람이다.

다른 학교를 다녔고 다른 음식을 좋아하며

다른 취미를 갖고 살아온 사람이다.

하물며 수십 년간,

상대가 누구인지도 모르게 살아왔거늘,

나와 뭐든 곧장 맞기를 기대한다.
황당한 욕심이고 말 안 되는 기대다.
처음부터 척척 맞는 부부는 로또 당첨만큼 확률이 낮다.
당연한걸, 우기니 싸울밖에!
우기고 우기다 결국, 협박에 이른다.
"그럼 이혼해."
"그러자. 이혼 사유는 너 때문이고"
마지막까지 끝내 안 맞는다.

누구도 양보 안 하니, 한 번도 안 맞을밖에.
네가 내게 안 맞추니 나쁜 게 아니라
내가 네게 못 맞추니 훨씬 나쁜 거다.

"아, 저 사람은 그렇게 살아온 거구나."
"그러니 나와 다를밖에."
틀린 게 아니라 다른 것뿐이다.
인정하면 양보가 나오는데, 인정을 안 하니
우기고 혈압만 올라가는 거다.

그저 다르다고 인정하는 순간, 문제는 쉽게 풀린다.

아내는, 남편은, 결코 나쁜 사람도 아니고

틀린 사람은 더더욱 아니다.

나와 그저 다를 뿐이다.

우기지 마라.

부부는 안 맞는 게 정상이다.

애초 안 맞는걸, 맞춰 가며 사는 게 부부다.

내가 맞춰 가면 미안해서라도 함께 맞추기 시작한다.

너만 맞추라고 하니, 하고 싶지 않은 거다.

이제 남편이, 아내가 제일 잘 맞는다!

그제야 알게 된다.

'아, 이래서 결혼하는구나!'

타임머신을 타라

"아 진짜 일 안 풀리네."
"이제 어떻게 해야 하나?"
일이 잘 안되면 흔히 하는 말이다.

일이 잘 안 풀릴 땐, 타임머신을 타라.
오래전으로 한 번 돌아가 보는 거다.
실제 타임머신이 있으면 좋으련만
불가능하니, 기억에 담아둔 걸 찾아내자.

십 년 전, 십오 년 전, 기억이 가물대면
사진이나 영상을 꺼내봐라.
그때 즈음, 어떤 일이 있었는지 떠올리자.
지금 못지않은 고난이 떠오른다.
어떻게 견뎌내고 저리 웃었던 걸까.

어떻게 까마득히 잊고 살았을까.

몇 장 더 넘겨보면 더 크게 웃고 있다.
결국, 이겨냈던 거다.
"아, 그때도 잘 견뎠네."
사진보다 더 방긋 웃게 되리라.
"맞아. 뭐든 지나면 별거 아니기는 해."
"그래서 잊고 사는 게 가능한 거야."
"맞아. 그때 그랬어."
꾸역꾸역 견뎌냈던 기억이 마냥 슬프지만은 않다.

십 년, 이십 년 뒤, 오늘도 추억이 되리라.
미래의 어느 날, 오늘의 기억에 또 웃게 되리라.

사십 대 후반이라 안 된다고 생각하는가.
오십도 넘었으니 불가능하다 여기는가.
그 탓으로, 안 된다고 여기는가.
만약, 오십 대가 사십 대를 돈 주고 살 수 있다면

서로 사려고 줄을 설 것이다.

오십 대를 사려는 육칠십 대들로 암표 시장이 대박 날 것이다.

당장 힘들어 고통인가.

오늘은, 나의 미래가 수억을 주고라도

구매하고픈 값비싼 날이다. 헐값에 팔지 마라.

미래로 가는 타임머신을 타라.

십 년 전, 오늘을 찾은 나를 만날 것이다.

"그때도 끝내 이겨냈구나."

"돈을 주고서라도 그때를 살 수만 있다면."

과거로 가도 좋고 미래로 가도 좋다.

걱정 마라,

과거의 내가, 오늘 내게 힘이 된다.

미래의 내가, 오늘을 부러워하고 있다.

적선하지 마라

요즘은 휴대폰 없이는 못 산다.
지하철을 타면 죄다 휴대폰만 본다.
휴대폰이 없을 때는 어떻게 살았나 싶다.
태어나며 제일 먼저 갖고 노는 게
휴대폰이라니, 말 다 했다.

이놈의 휴대폰이 좋은 것도 많지만
사실 갈팡질팡하게 만드는 유혹충이다.
돈을 야금야금 먹는 해충이다.

'이거 살래, 말래?'
'딴 거 보여줘?'
전원을 켜는 순간, 곳곳 광고 천국이다.

전혀 필요 없다 하다가도

몇 번 클릭으로 이내 유혹당한다.

'맞아, 나 이거 있어야 했어.'

'아, 이걸 왜 여태 안 샀지?'

결국, 필요한 이유를 만든다.

그러라고 광고해댔고 그렇다고 인정한다.

휴대폰을 이용한 놀라운 광고 전술이다.

필요한 이유까지 생겼으니 어째,

결제창을 여는 수밖에.

그래도 요놈의 지출 양심이 흔들린다.

누를까 말까, 고민은 몇 초뿐!

이미 유혹의 늪 속인걸, 어찌 빠져나가랴.

기어이 결제를 한다. 아니 결제 당한다.

이놈의 휴대폰은 돈 먹는 하마다.

어디 휴대폰뿐이랴.

마트에 가니 하나 사면, 하나 더 준단다.

유혹의 기술이 휴대폰 저리 가라다.

당장 실물이 손에 잡히는데, 어찌 안 넘어가나.

다행히 지출 양심이 발동한다.

'아, 이거 사려고 온 게 아닌데.'

'먹지도 않던 건데.'

이번엔 양심을 지키나 싶지만

어째, 진즉 유혹의 늪에 한 발 들여놓은걸.

더 큰 문제는

하나 더 준대서 산 게 하나가 아니라는 거다.

하나 사면, 하나 더 주는 게, 스무 개도 넘는다.

스무 개 다 산 건 아니라 절약한 기분까지 드니

단단히 유혹에 넘어간 거다.

집에 돌아가는 길,

괜히 잔뜩 샀나 싶다가도, 두 개 중에 하나는

덤으로 얻은 거라고 위안한다. 아니, 착각한다.

얼마 후 집에 온 손님이 소리친다.

'야, 먹지도 않는 걸 왜 그리 많이 샀냐?'

'다 갖다 버려라. 곰팡이 났다.'

그제야 깨닫는다.

'또 괜히 샀네!'

백 번도 넘는 깨달음이니, 자포자기의 경지에 오른 건지

영 고쳐지질 않는다.

일 초라도 고민했다면,

일 초라도 어쩌나 싶었다면,

일 초라도 사면 안 된다고 생각했다면

일 초라도 필요 없는 거라고 판단했다면

일 초라도 사고 후회할 거라 여겼다면

사지 마라.

절대, 사지 마라!

다시 말하건대, 일 초라도 고민되면

절대, 돈 쓰지 마라!

절대, 절대로 사지 마라!

모르는가, 잊었는가. 죽도록 고생해서 번 돈이다!

그 힘든 고생을, 겨우 휴대폰 따위와 맞교환하지 마라.

지출의 유혹 따위에 적선하지 마라.

솔로몬까지 안 가도 괜찮다

공부를 많이 한 건 좋은 일이다.
많이 배웠다는 건 흉볼 일이 아니다.
오래전엔 공부를 많이 못 한 사람이 많아
어떻게라도 자식들을 더 가르치려 부모들이 애썼다.

지금도 자식에게 더 많은 공부를 시키려
부모는 온갖 고생을 마다치 않는다.
공부는 많이 하는 게 좋고, 잘하면 더더욱 좋다.

하지만, 학력이 높다고 해서
세상을 더 잘 산다는 보장은 없다.
학식과 지식이 많은 건 분명 좋은 일이지만
멋진 일이라거나 훌륭한 일이라고 볼 수는 없다.

공부를 잘하는 건 좋은 일이지만
공부를 못한다고 나무라는 건, 옳은 일이 아니다.
공부는 잘할 수도 못 할 수도 있다.
공부를 잘해야 잘 산다는 건 그릇된 이론이다.

세상은 지식으로만 살 수 있는 곳이 아니다.
솔로몬이 한 아이를 두고
자신이 엄마라고 우기는 엄마들에게
그럼 아이를 잘라 가지라고 말한 건, 지식의 범주가 아니다.
해서 솔로몬의 지혜라고 하지
솔로몬의 지식이라고 말하지 않는다.

만약, 솔로몬이 과학적 근거를 대거나
해박한 지식을 늘어놓았다면
문제는 해결되지 않았을지 모른다.
유전자 검사도 없던 시절이니
과학적 근거를 제시하기도 어려웠을 테다.
해서 솔로몬은 지식이 아닌 지혜를 택했다.

참으로 훌륭한 판단이었다.

내가 공부를 많이 하지 않았다고 해서
부끄러워할 이유가 없다.

대학을 나오고 대학원 졸업장을 갖고 있대도
대부분 자신이 전공한 분야에만 능숙할 뿐
난데없는 지식을 갖게 되는 것도 아니다.
배운 사람도 배운 것만 안다.
안 배운 건, 그도 배워야 지식이 쌓인다.

명문대를 나왔다고 대통령을 잘하는 게 아니다.
이미 숱하게 경험하지 않았는가.
국민은 지혜로운 대통령을 원하지
지식이 넘치는 대통령을 원하는 게 아니다.
국민이 편히 살 수 있는 방법을 아는 지혜
국민이 더 부자가 될 방법을 아는 지혜 말이다.

지식은 좋고 지혜는 훌륭한 거다.
지식으로 한 분야엔 뛰어나게 할 수 있을지 모르지만
다분야의 사람을 대한다면 지혜가 더 중요하다.

자식을 훌륭하게 키워내는 부모는
학력이 높은 부모가 아니라, 지혜가 많은 부모다.

많이 배우는 것도 물론 중요하지만
많이 경험하는 게 더 중요하다.
많이 배우면 지식이 쌓이지만
많이 경험하면, 지혜가 쌓이기 때문이다.
지식은 배움이 끝나는 순간 한계에 부딪히지만
지혜는 경험할수록 끝없이 형성된다.
지식과 지혜의 다른 점이다.

직원을 뽑으려 한다면
학력이 높은 사람만 고집하지 마라.
지식보다 지혜로운 사람을 뽑는 게 득이다.

솔로몬까지 안 가도 괜찮다.

많이 배웠다고 어깨에 힘주고 다니다 손가락질받지 말고,

훌륭한 덕을 갖춘, 지혜로운 사람이 돼라.

세상은 지식이 아닌 지혜로 사는 거다.

그게 그런 거라네!

산에 오르다 보면 이름 모를 풀이 많다네.

처음 보는 꽃도 셀 수 없이 많다네.

바위틈에서 피어난 꽃은 아슬아슬하다네.

문득, 가만히 서서 꽃을 본 적이 있다네.

그 꽃은 왜 피어났나 생각했다네.

그 꽃이 핀 이유는

산을 오르다 문득, 산을 내려가다 문득

저 꽃은 왜 피어난 걸까, 생각하라고 핀 거라네.

아슬아슬함에 일 초라도 더 보게 하려고 피어난 거라네.

그래서 태어났으니 멋진 일이라네.

그게 그런 거라네!

산책을 하러 가다, 버스를 타러 가다

길을 묻는 이를 만난 적이 있다네.

하필 아무도 없는 곳이라, 알려줄 이도 나뿐이라네.

모르는 길을 물어봤더라면, 괜히 미안할 텐데

그도 난처할 텐데, 아는 곳이라서 좋았다네.

내가 그곳에 갈 이유였다네.

내가 괜히 거길 지나던 게 아니었다네.

그도 나를 괜히 만난 게 아니었다네.

그러니, 행복할 일이지 불편할 일이 아니라네.

그게 그런 거라네!

세상 모든 건, 태어난 이유가 있다네.

쓸모없는 것 같아도 다 만들어진 이유가 있다네.

이름 모를 꽃은 많아도 이름 없는 꽃은 없다네.

그저 흘러가 버리는 강물은 있어도

이름 없는 강은 없다네.

이름을 붙여준 건, 다 필요해서라네.

그래서 태어난 건, 행복한 거라네.

그게 그런 거라네!

하니, 함부로 대하면 안 되는 거라네.
꽃이 웃느라 피어 있으니, 하찮게 보면 안 된다네.
살아있으니 함부로 하면 안 될 일이라네.
그게 그런 거라네!

하물며, 이름 석 자를 기억해 주는 이 제법 많은
나는, 나는 어떠한지 궁금하다네.

내가 세상에 태어난 건, 이유가 분명 있을 거라네.
이름이 붙은 건, 소중한 이유가 있어서라네.
부모를 웃게 할 이유, 형제와 우애할 이유
사람들과 벗할 이유, 건강히 오래 살 이유
그 이유들로 행복하려고, 내가 태어난 거라네.
그게 그런 거라네!

낙심된 일이 있다고 주저앉으면 안 된다네.
돈을 벌어 가족을 행복하게 하라고 태어났을 거라네.
사랑을 주고받으라고 태어났을 거라네.

혼자가 절대 아니라네.
하니, 목숨을 귀히 여겨야 한다네.
세상에 질 이유가 없다네.
견디다 보면, 별거 아니라네.

야들한 꽃이 바위틈에서 버티며 살아가는 건
삶이라는 몫이 위대해서라네.
향기 없는 꽃이라도 피워낸 이유라네.
보시게. 나의 삶은 태어나며 위대했다네.
무시하면 안 된다네.

만만치 않은 게 삶이란 걸, 모르는 이는 없다네.
하니, 견디고 나면 좋아서 춤을 추게 된다네.
내가 태어난, 그대가 삶을 사랑해야 할 이유라네.
그게 그런 거라네!

고마워서, 고마워서 그리고 고마워서

'빈 병'이 고마웠다.
다 내주고도 아름다운 소리를 내듯
나 역시 내어주고 아름다운 사람이 되는 걸 택했다.
적십자사에 매달 기부한 지 아주 오래다.
가족을 잃은 어린아이의 이야기를 들었다.
내가 할 일이라 여겼다.
대학까지 염려치 말고 공부만 하라고 일렀다.

이상도 하지, 나누니 내가 제일 좋았다.
좀체 안 울던 내가, 고맙다는 편지에 펑펑 울었다.

이제 더 많이 나누고 더 많이 사랑할 테다.
그러려면 더 많은 '빈 병'을 모아야 할 테지.
그래야 더 많이 나눌 수 있을 테지.

얼마 전부터 유튜브를 시작했다.
잘은 못하지만, 실컷 노래를 불러주기도 하고
무명가수들을 소개하기도 한다.
작은 것으로라도 나누려 한 건데
웬걸, 내가 얻는 게 더 많다.

새벽, 언제나 그랬듯 '빈 병'이 서로 부딪친다.
고맙다고 인사하는 소리다.

나도 고맙다고 인사한다.

녀석은 이제 아나 보다

내가 왜 이렇게 새벽부터 부지런을 떠는지.

내가 왜 이렇게 열심히 살고 있는지.

어제보다 '빈 병' 소리가 더 멋진 걸 보니.

2024년, 봄꽃이 만개하던 날에

김재웅

55가지
인생 경로

펴낸날 2024년 4월 12일

지은이 김재웅
펴낸이 주계수 ｜ **편집책임** 이슬기 ｜ **꾸민이** 이슬기

펴낸곳 밥북 ｜ **출판등록** 제 2014-000085 호
주소 서울시 마포구 양화로 7길 47 상훈빌딩 2층
전화 02-6925-0370 ｜ **팩스** 02-6925-0380
홈페이지 www.bobbook.co.kr ｜ **이메일** bobbook@hanmail.net

© 김재웅, 2024.
ISBN 979-11-7223-014-2 (03810)